图文古人游记

西京杂记

〔汉〕刘歆◎著
侯素平◎译注

人民东方出版传媒
People's Oriental Publishing & Media
东方出版社
The Oriental Press

图书在版编目（CIP）数据

西京杂记/（汉）刘歆 著；侯素平 译注. — 北京：东方出版社，2023.11
ISBN 978-7-5207-3262-8

Ⅰ.①西… Ⅱ.①刘…②侯… Ⅲ.①笔记小说－小说集－中国－东晋时代 Ⅳ.①I242.1

中国国家版本馆 CIP 数据核字（2023）第 179231 号

西京杂记
（XIJING ZAJI）

作　　者：	（汉）刘　歆
译　　注：	侯素平
责任编辑：	邢　远
出　　版：	东方出版社
发　　行：	人民东方出版传媒有限公司
地　　址：	北京市东城区朝阳门内大街 166 号
邮　　编：	100010
印　　刷：	天津旭丰源印刷有限公司
版　　次：	2023 年 11 月第 1 版
印　　次：	2023 年 11 月第 1 次印刷
开　　本：	650 毫米 ×920 毫米 1/16
印　　张：	18
字　　数：	200 千字
书　　号：	ISBN 978-7-5207-3262-8
定　　价：	88.00 元

发行电话：（010）85924663　85924644　85924641

版权所有，违者必究

如有印装质量问题，我社负责调换，请拨打电话：（010）85924602　85924603

总序

中国文化是一个大故事,是中国历史上的大故事,是人类文化史上的大故事。

谁要是从宏观上讲这个大故事,他会讲解中国文化的源远流长,讲解它的古老性和长度;他会讲解中国文化的不断再生性和高度创造性,讲解它的高度和深度;他更会讲解中国文化的多元性和包容性,讲解它的宽度和丰富性。

讲解中国文化大故事的方式,多种多样,有中国文化通史,也有分门别类的中国文化史。这一类的书很多,想必大家都看到过。

现在呈现给读者的这一大套书,叫作"图文中国文化系列丛书"。这套书的最大特点,是有文有图,图文并茂;既精心用优美的文字讲中国文化,又慧眼用精美图像、图画直观中国文化。两者相得益彰,相映生辉。静心阅览这套书,既是读书,又是欣赏绘画。欣赏来自海内外二百余家图书馆、博物馆和艺术馆的图像和图画。

"图文中国文化系列丛书"广泛涵盖了历史上中国文化的各个方面，共有十六个系列：图文古人生活、图文中华美学、图文古人游记、图文中华史学、图文古代名人、图文诸子百家、图文中国哲学、图文传统智慧、图文国学启蒙、图文古代兵书、图文中华医道、图文中华养生、图文古典小说、图文古典诗赋、图文笔记小品、图文评书传奇，全景式地展示中国文化之意境，中国文化之真境，中国文化之善境，中国文化之美境。

这是一套中国文化的大书，又是一套人人可以轻松阅读的经典。

期待爱好中国文化的读者，能从这套"图文中国文化系列丛书"中获得丰富的知识、深层的智慧和审美的愉悦。

王中江

2023 年 7 月 10 日

前言

《西京杂记》的诞生

《西京杂记》是一部逸事型志人小说集,也是一部充满神秘和疑点,极具吸引力的著作,其中多记西汉京都之事。"西京",即西汉的京城长安。

全书以笔记形式写就,共百余则。其中记载的人物有帝王将相、王公大臣、妃嫔宫女、学士文人、匠人平民等,还记载了宫廷趣事、典章制度、风俗习惯、园林异植、珍器贵玩等,生动地展现了西汉政治、经济、文化等多方面的情况。

关于书的作者,历来存在争议,有刘歆、葛洪、吴均、萧贲和无名氏五说,迄无定论。《隋书·经籍志》著录为两卷,未标注撰者。《旧唐书·经籍志》上题为葛洪撰。《郡斋读书志》上标注为"江左人或以为吴均依托为之"。《直斋书录解题》著录为六卷,或为后人所分。根据卷末跋(后序)所述,似乎是葛洪抄辑刘歆编写《汉书》所用材料而成,书中有很多以刘歆口气叙述的地方。《四库全书总目》将其归入小说家杂事,并标注了刘歆、葛洪的名字。一般认为,该书为汉代刘歆撰,东晋葛洪辑抄。

《西京杂记》虽非雅贵之作,但从帝王将相写到士农工商,内容涉及典章制度、社交礼仪、天文地理、苑囿宫殿、奇木异草、珍禽异兽、珍宝贵玩、民风民俗等,丰富程度惊人,是一部不折不扣的奇书。

《西京杂记》的内容

书中的内容大致有如下四种:

第一种是记录宫廷生活。书名中的"西京",指的是当时西汉的都城——长安。该书记录了以西汉皇帝为中心的趣闻逸事,以及宫廷内的建筑、制度、服饰、名物、风俗等,如"萧何营未央宫""缢杀如意""戚夫人歌舞""宠擅后宫""送葬用珠襦玉匣""画工弃市"等。

第二种主要写名人逸事。该书记载了很多西汉的将相、宠臣、文人

《宫中图》卷
(南唐)周文矩\原作　此为宋人摹本　收藏于美国纽约大都会艺术博物馆

和方士的故事，例如"东方朔设奇救乳母""公孙弘粟饭布被""杨雄梦凤作《太玄》""闻《诗》解颐""仲舒梦龙作《繁露》""相如死渴""金石感偏"等。

第三种主要写世俗风情。该书中有不少反映当时社会世态人情的内容，尽管篇幅短小，却是后世世情小说的一个源头。比如"曹敞收葬"反映世态炎凉，"两秋胡曾参毛遂"则反映出世风日下。

第四种主要写奇异事物。书中记载了不少怪诞的事和物，不仅有奇异的植物和动物，还有传说中的神物和异事，反映了西汉时期人们对于自然界和诸多自然现象的理解，以及当时科技的发展状况。

《西京杂记》的价值

《西京杂记》是一部别出心裁的笔记小说集，它内容丰富，包罗万象，趣味横生，其中包含大量西汉宫殿苑林、珍玩异物、舆服典章、社会风情、名流琐闻的描写，内容涵盖了社会、历史、文学、天文、地理、

发明等多个方面，具有颇为重要的史学价值、文学价值及科技价值。

《西京杂记》的史学价值是毋庸置疑的。《史记》和《汉书》在记叙西汉历史方面的不足，可以通过《西京杂记》弥补。不仅如此，《西京杂记》中那些反映西汉宫廷生活及风俗习惯的篇目，为考古提供了一些书面印证材料，也为今天的人们了解西汉历史和社会发展状况提供了重要参考。

鲁迅先生曾如此评价《西京杂记》。"若论文学，则此在古小说中，固亦意绪秀异，文笔可观者也"，书中采用了独特的叙事视角，情节曲折生动，语言简洁幽默，其中不少故事为后世创作提供了素材。

此外，《西京杂记》中记载了不少西汉时期的科技成果，内容涉及多个领域，如机械、生物、气象、数学、医学等，其中保存的珍贵史料，对后人研究古代科技发展状况具有重要的参考价值。

目录

卷一

萧何营未央宫 / 002

武帝作昆明池 / 006

八月饮酎 / 008

止雨如祷雨 / 010

天子笔 / 014

几被以锦 / 016

吉光裘 / 018

戚夫人歌舞 / 020

弢环 / 022

鱼藻宫 / 024

缢杀如意 / 026

乐游苑 / 028

太液池 / 030

终南山华盖树 / 032

高帝斩蛇 / 034

七夕穿针开襟楼 / 036

身毒国宝镜 / 038

霍显为淳于衍起第赠金 / 042

旌旗飞天堕井 / 044

弘成子文石 / 046

《黄鹄歌》 / 048

送葬用珠襦玉匣 / 050

三云殿 / 052

掖庭 / 052

昭阳殿 / 054

珊瑚高丈二 / 058

玉鱼动荡 / 059

上林名果异木 / 064

巧工丁缓 / 070

飞燕昭仪赠遗之侈 / 072

擅宠后宫 / 074

卷二

画工弃市 / 078

东方朔设奇救乳母 / 080

五侯鲭 / 082

公孙弘粟饭布被 / 084

文帝良马九乘 / 086

武帝马饰之盛 / 088

茂陵宝剑 / 090

相如死渴 / 091

赵后淫乱 / 093

作新丰移旧社 / 096

陵寝风帘 / 098

杨雄梦凤作《太玄》 / 098

百日成赋 / 100

仲舒梦龙作《繁露》 / 102

读千赋乃能作赋 / 103

闻《诗》解颐 / 104

惠庄叹息 / 106

搔头用玉 / 108

精弈棋禅圣教 / 110

弹棋代蹴鞠 / 111

雪深五尺 / 112

四宝宫 / 113

河决龙蛇喷沫 / 115

百日雨 / 118

五日子欲不举 / 120

雷火燃木得蛟龙骨 / 122

酒脯之应 / 124

梁孝王宫囿 / 125

鲁恭王禽斗 / 128

流黄簟 / 129

买臣假归 / 130

卷三

黄公幻术 / 134

淮南王与方士俱去 / 136

杨子云裮补《輶轩》所载 / 138

邓通钱文侔天子 / 139

俭葬反奢 / 140

介子弃觚 / 141

曹敞收葬吴章 / 144

文帝思贤苑 / 146

广陵死力 / 147

辨《尔雅》 / 148

袁广汉园林之侈 / 150

五柞宫石騏驎 / 152

咸阳宫异物 / 154

鲛鱼荔枝 / 158

戚夫人侍儿言宫中乐事 / 159

何武葬北邙 / 162

生作葬文 / 163

淮南《鸿烈》 / 164

公孙子 / 166

长卿赋有天才 / 168

赋假相如 / 169

《大人赋》 / 170

《白头吟》 / 172

樊哙问瑞应 / 173

霍妻双生 / 175

文章迟速 / 177

卷四

真算知死 / 180

曹算穷物 / 182

因献命名 / 185

董贤宠遇过盛 / 186

三馆待客 / 188

闽越献蜜 / 190

滕公葬地 / 191

韩嫣金弹 / 193

司马良史 / 194

忘忧馆七赋 / 195

五侯进王 / 201

河间王客馆 / 202

年少未可冠婚 / 202

劲超高屏 / 204

元后燕石文兆 / 205

玉虎子 / 206

紫泥 / 210

文固阳射雉 / 212

鹰犬起名 / 214

长鸣鸡 / 216

博昌善陆博 / 216

战假将军名 / 218

东方生善啸 / 219

古生杂术 / 220

娄敬不易游衣 / 221

卷五

母嗜雕胡 / 224

琴弹《单鹄寡凫》 / 226

赵后宝琴 / 227

邹长倩赠遗有道 / 228

大驾骑乘数 / 230

董仲舒天象 / 237

郭舍人投壶 / 244

象牙簟 / 245

贾谊《鵩鸟赋》 / 246

金石感偏 / 247

卷六

文木赋 / 252

广川王发古冢 / 255

太液池五舟 / 260

孤树池 / 261

昆明池中船 / 262

玳瑁床 / 263

书太史公事 / 263

皇太子官 / 266

驰象论秋胡 / 267

西京杂记跋 / 270

附录 / 272

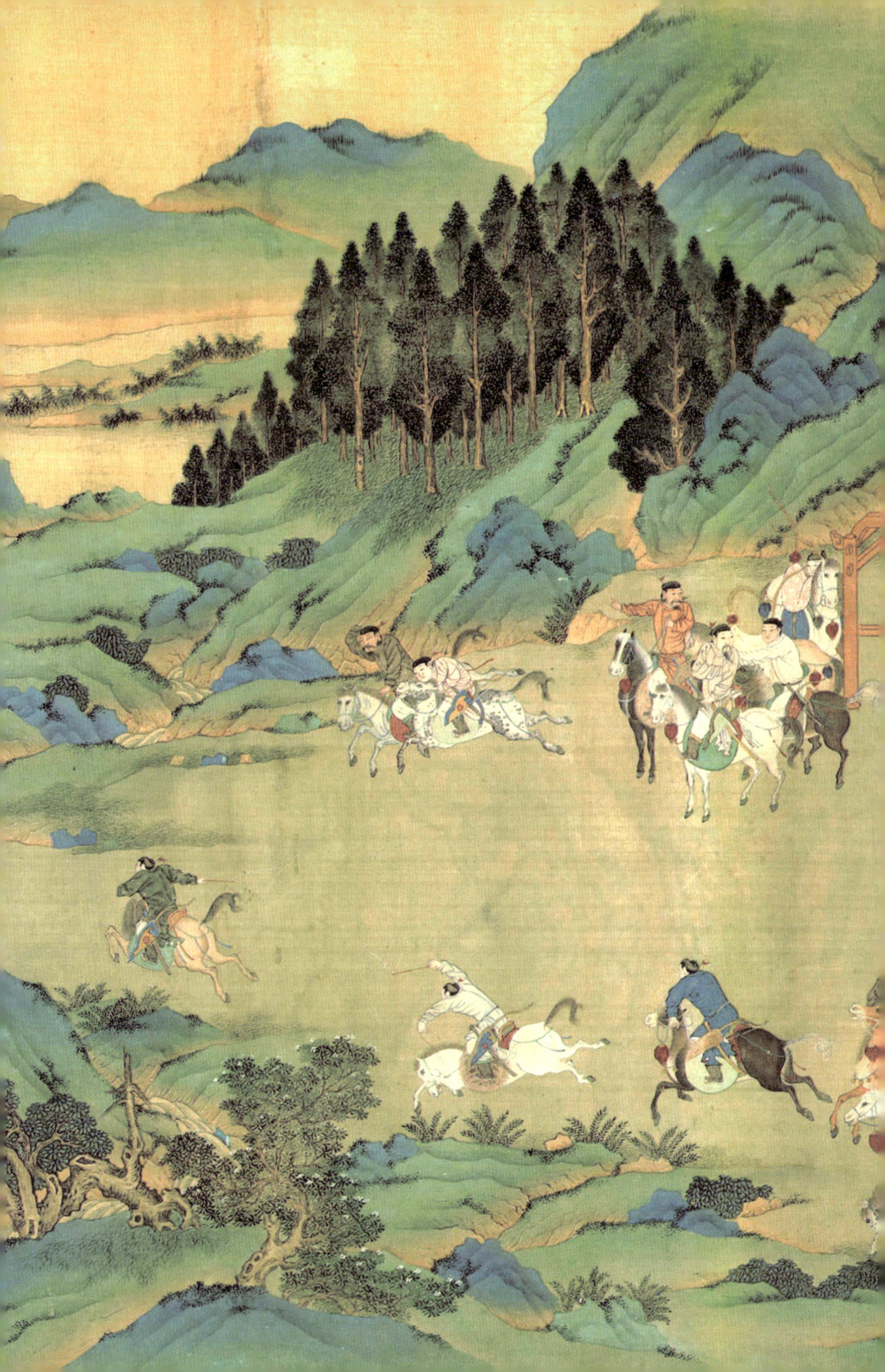

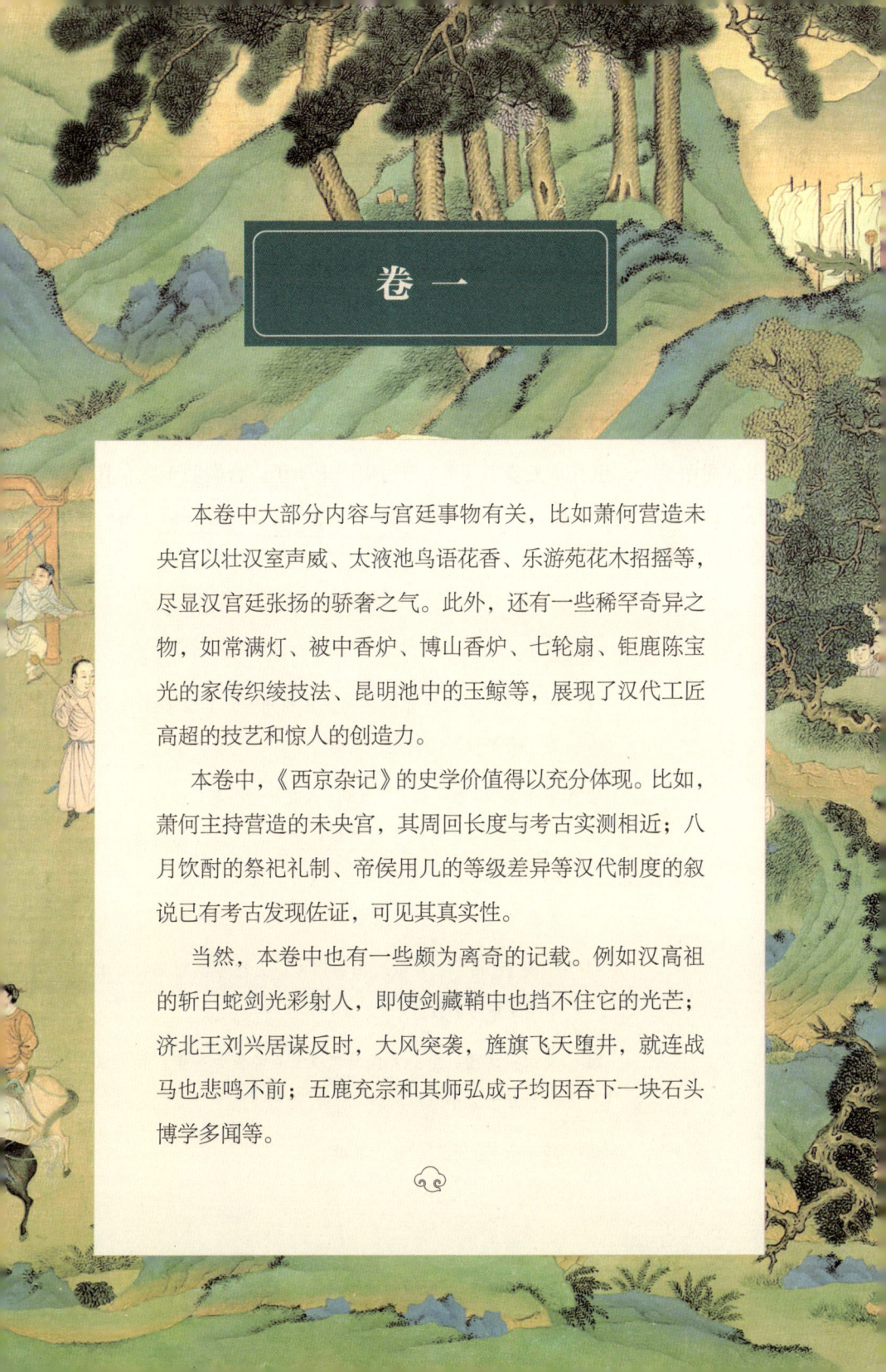

卷 一

本卷中大部分内容与宫廷事物有关，比如萧何营造未央宫以壮汉室声威、太液池鸟语花香、乐游苑花木招摇等，尽显汉宫廷张扬的骄奢之气。此外，还有一些稀罕奇异之物，如常满灯、被中香炉、博山香炉、七轮扇、钜鹿陈宝光的家传织绫技法、昆明池中的玉鲸等，展现了汉代工匠高超的技艺和惊人的创造力。

本卷中，《西京杂记》的史学价值得以充分体现。比如，萧何主持营造的未央宫，其周回长度与考古实测相近；八月饮酎的祭祀礼制、帝侯用几的等级差异等汉代制度的叙说已有考古发现佐证，可见其真实性。

当然，本卷中也有一些颇为离奇的记载。例如汉高祖的斩白蛇剑光彩射人，即使剑藏鞘中也挡不住它的光芒；济北王刘兴居谋反时，大风突袭，旌旗飞天堕井，就连战马也悲鸣不前；五鹿充宗和其师弘成子均因吞下一块石头博学多闻等。

萧何营未央宫

汉高帝①七年，萧相国营未央宫②。因龙首山制前殿，建北阙③。未央宫周回二十二里九十五步五尺④，街道周回七十里。台殿四十三，其三十二在外，其十一在后。宫池十三，山六，池一、山一亦在后。宫门闼凡九十五⑤。

【注释】

① 汉高帝：即西汉开国之君汉高祖刘邦，其谥（shì）号为"高皇帝"，故称"汉高帝"。

② 萧相国：即西汉初大臣萧何。汉高祖十一年（前196年），萧何向吕后献计诛杀淮阴侯韩信有功，被封为相国，故称"萧相国"。未央宫：宫殿名，也称"西宫"，是朝见皇帝的地方，故址在今陕西西安的长安故城里。

③ 北阙（què）：宫殿北侧的门楼，大臣等候朝见或者上书奏事所待的地方。

④ 周回：周围。里：古代通常以三百步作为一里，后来以一百五十丈作为一里。

⑤ 闼（tà）：小门。凡：总共。

【译文】

汉高祖七年（前200年），萧相国开始营建未央宫。根据龙首山的山势建造前殿与北阙。未央宫周长为二十二里九十五步五尺，宫内街道的总长度是七十里。宫中有四十三座楼台和殿阁，其中外部有三十二座，后宫有十一座。宫苑中有十三个池沼，六座土山，其中的一个水池、一座土山也在后宫。宫殿的小门共有九十五个。

汉初三杰

指追随汉高祖刘邦的三位开国功臣，即韩信、萧何与张良。

任用三杰
选自《帝鉴图说》法文外销画绘本　（明）佚名　收藏于法国国家图书馆

韩信像
选自《古圣贤像传略》清刊本
（清）顾沅 辑录 （清）孔莲卿 绘

萧何像
选自《古圣贤像传略》清刊本
（清）顾沅 辑录 （清）孔莲卿 绘

张良像
选自《历代帝王圣贤名臣大儒遗像》册
（清）佚名 收藏于法国国家图书馆

李在畫圯上授書

圯上授书
选自《集古名绘》册 （明）李在 收藏于中国台北故宫博物院

黄石公传授张良兵法的典故。秦朝末年，张良因派人刺杀秦始皇而被通缉，于是逃到了下邳。在此期间，他结识了一位行为古怪的老人，一次老人见张良经过，故意把鞋子跌落到桥底，并让张良帮他去捡。张良欣然前往，还帮他穿好了鞋，老人很赞赏他，嘱咐他五日后再来此地。之后老人以其迟到为由，反复以五天为限来考验他的耐心。最终，老人将《素书》传授给了张良，并授之以天机，随后消失不见。老人就是黄石公，传授的是能辅佐帝王的天书。

武帝作昆明池

武帝作昆明池①,欲伐昆明夷②,教习水战。因而于上游戏养鱼,鱼给诸陵庙③祭祀,余付长安市卖之。池周回四十里。

【注释】

① 武帝:即汉武帝刘彻,前141年—前87年在位。昆明池:汉代湖沼名,经历代修浚,一直保持到唐代。

② 昆明夷:汉时分布于今云南境内的一个古部族。夷,古代中原地区对边远部族的一种蔑称。

③ 陵庙:古代帝王陵墓,以及祭祀祖先的宫室。

【译文】

汉武帝开凿昆明池,原是想征伐西南的昆明部族,用来训练水上作战的。趁着有这样一个水池就在上面嬉戏,在里面养鱼,养的鱼用来供给各陵庙作祭祀之用,剩下的则被拿到长安的集市卖掉。昆明池的周长为四十里。

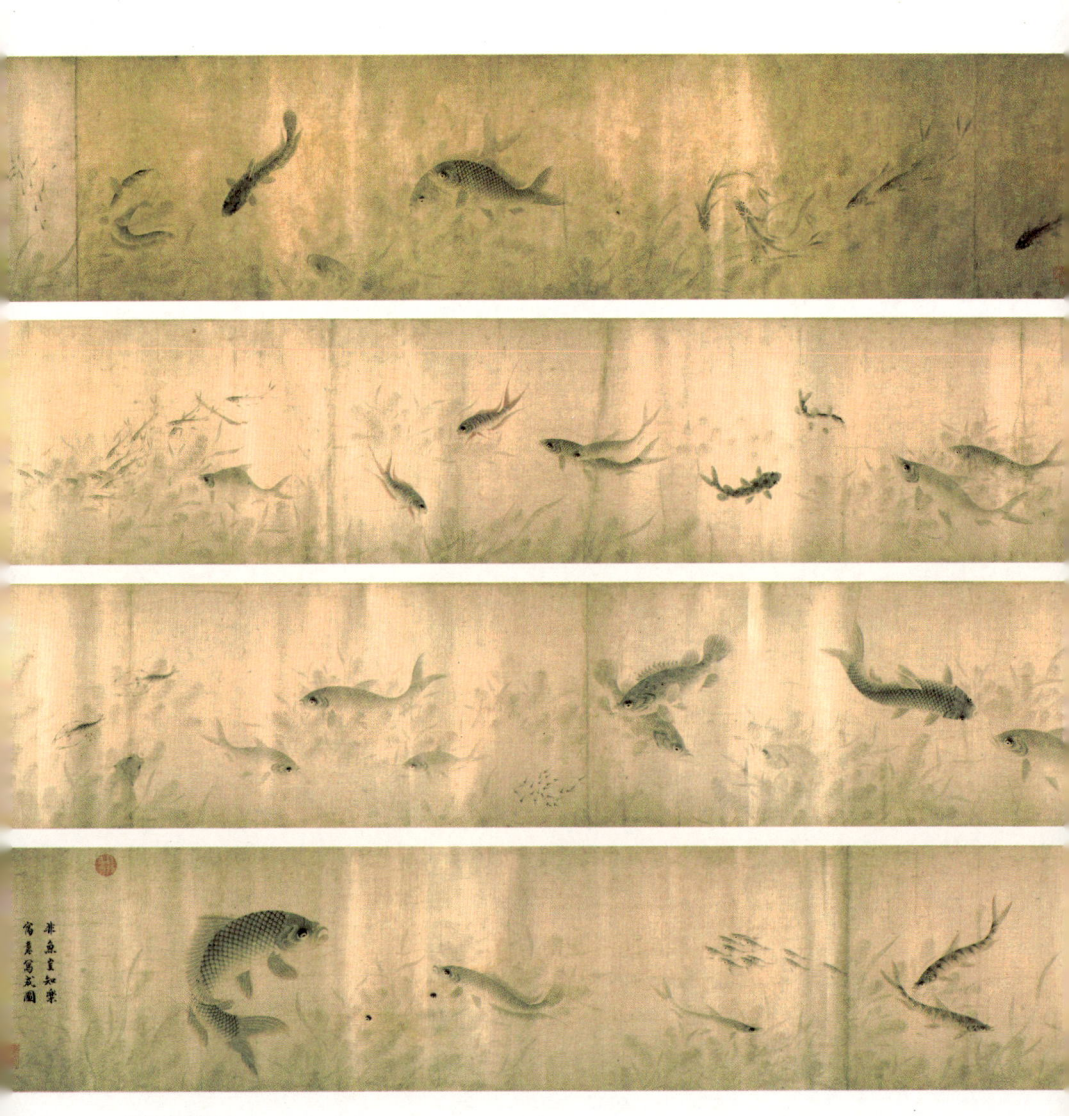

《鱼乐图》
（宋）周东卿　收藏于美国纽约大都会艺术博物馆

八月饮酎

汉制：宗庙八月饮酎①，用九酝太牢②，皇帝侍祠③。以正月旦④作酒，八月成，名曰酎，一曰九酝，一名醇酎。

【注释】

① 宗庙：古代帝王诸侯等祭祀先祖的地方。酎（zhòu）：即醇酒，通常是指经过多次酿制的美酒。

② 九酝（yùn）：一种经过多次酿制的美酒。太牢：也写作"大牢"，古时帝王诸侯祭祀土谷之神时，牛、羊、豕（猪）三者齐备便称"太牢"。

③ 侍祠：陪从祭祀，这里有主持之意。

④ 正（zhēng）月旦：夏历正月初一。

【译文】

汉代的制度：宗庙于每年的八月用醇酒祭祀祖先，用经数次酿造的醇酒，以及牛、羊、豕作为供品，皇帝要亲自主持祭祀活动。用以祭祀的醇酒会从正月初一开酿，至八月才酿成，称为"酎"。还有一种说法是，这种酒经多次酿造，又称为"醇酎"。

汉高祖太牢祀圣
选自《历代帝王道统图》册 （清）陈书 收藏于北京故宫博物院

止雨如祷雨

京师大水，祭山川①以止雨。丞相、御史、二千石祷祠②，如求雨法。

【注释】

① 祭山川：古代人们认为山川中都有神灵，所以经常进行祭拜活动，以祈求风调雨顺、富足安康。通常情况下，君主祭祀天神和地祇，诸侯大夫祭祀山川河流，士人和普通百姓祭祀祖先。

② 二千石：官秩的等级，由于当时官员的俸禄以米谷作为标准，所以用"石"来表示。汉代，中央政府机构的列卿及州郡牧守、诸侯王、国相等一级官员为"二千石"。
祷祠：向神灵祈福，得到福报后为了感谢进行祭祀。

【译文】

京城（长安）发大水，祭山川来让雨停下来。丞相、御史大夫以及俸禄在二千石的官员，都向神祈福并酬谢神恩。方法就如同求雨的方法。

▶《康熙南巡泰山》（局部）
（清）王翚　收藏于北京故宫博物院
此卷是《康熙帝南巡图》第三卷"康熙南巡至山东境内"。主要描绘了康熙帝到泰山祭拜天地山川的场景。泰山是历代皇帝设坛祈祷的地方，秦始皇便在此处进行封禅仪式。

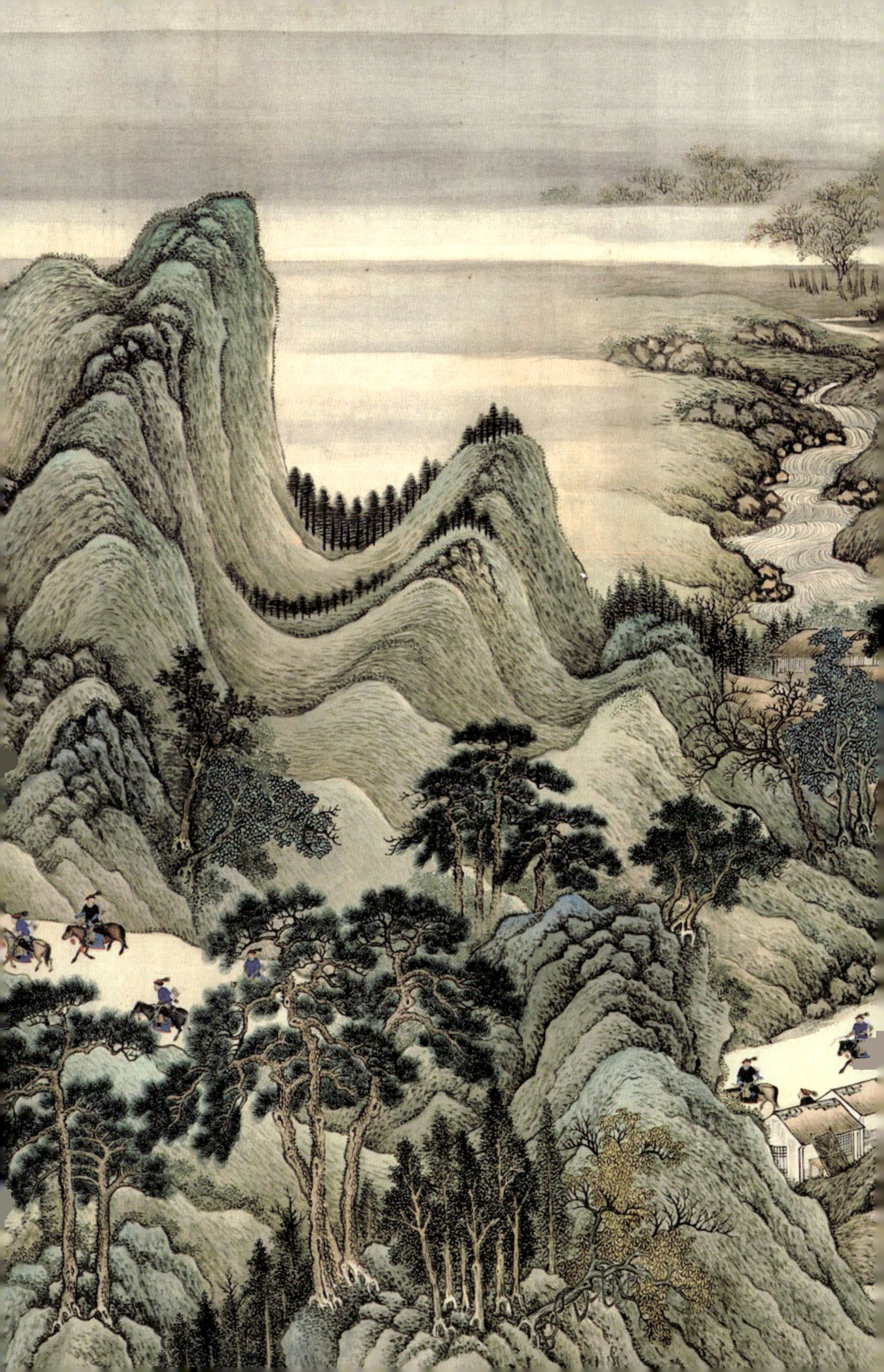

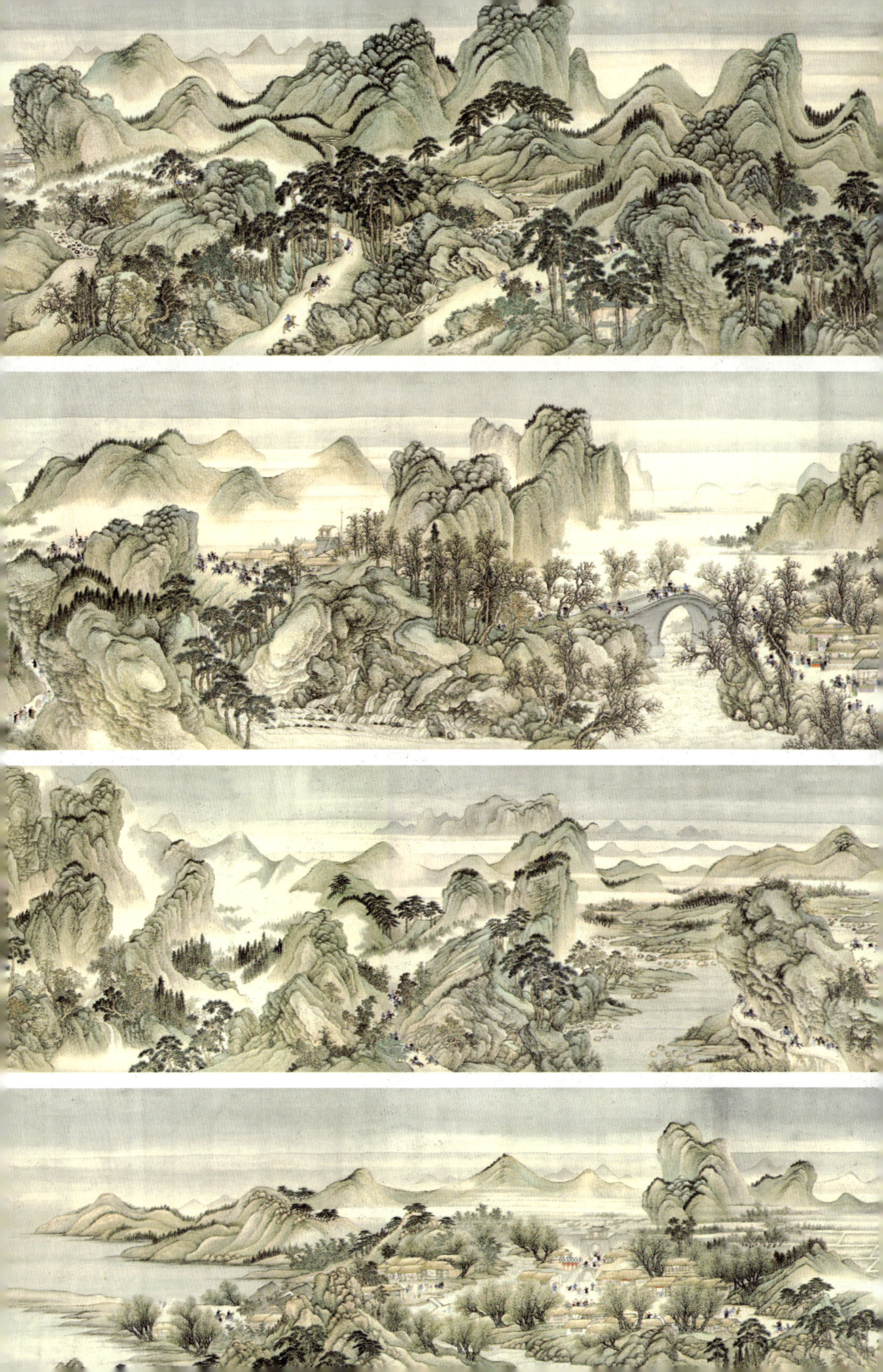

《康熙南巡泰山》
(清)王翚 收藏于北京故宫博物院

天子笔

天子笔管,以错宝为跗①,毛皆以秋兔之毫②,官师路扈为之③。以杂宝为匣,厕以玉璧、翠羽④,皆直百金。

【注释】

① 错宝:镶嵌宝石。错,镶嵌。跗(fū):通常指底端,这里指笔杆下面栽毛的地方。

② 毫:细长而尖的毛。

③ 官师:官吏之长。路扈:人名,生平事迹不详,由文意可知应为制笔良匠。

④ 厕:杂置。翠羽:颜色翠绿的羽毛,通常被用来借指珍宝。

【译文】

天子用的笔杆,栽毛的地方镶嵌着宝石,笔毫选用了秋兔的毫毛,并由制笔巧匠傅路扈制作。放笔的盒子上镶满了各种宝石,还装饰有玉璧和翠色的鸟羽,全都价值不菲。

清代御用文具

不管哪个朝代，天子的御用之物都很奢华，是地位的象征。清代早期国富民强，康熙帝、雍正帝，以及乾隆帝都喜欢以书法绘画自娱，因而宫廷文具品类繁多，这些文具大多来自内廷造办处或地方造办，以及外来贡品。

清代白潢恭进天子万年笔

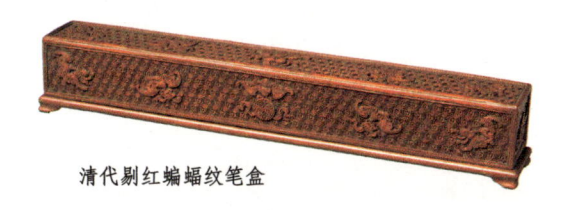

清代剔红蝙蝠纹笔盒

清代孔雀石笔洗

清代剔红西园雅集图笔筒

《乾隆帝写字像》
（清）佚名　收藏于北京故宫博物院

几被以锦

汉制：天子玉几①，冬则加绨锦②其上，谓之绨几。以象牙为火笼③，笼上皆散华文④，后宫则五色绫⑤文。以酒为书滴⑥，取其不冰；以玉为砚，亦取其不冰。夏设羽扇，冬设缯扇⑦。公侯皆以竹木为几，冬则以细罽为橐以凭之⑧，不得加绨锦。

【注释】

① 几（jī）：小或矮的桌子，如茶几。

② 绨（tí）锦：一种光滑厚实并带彩色花纹的丝织品。绨，光滑厚实的丝织品。

③ 火笼：笼状用来取暖、烘衣器具。

④ 华文：同"花纹"。

⑤ 绫（líng）：一种光滑细薄且有彩色花纹的丝织品。

⑥ 书滴：特指磨墨时用的水滴。

⑦ 缯（zēng）扇：用丝织品制成的长柄扇。缯，古人对丝织品的总称。

⑧ 罽（jì）：用毛做成的毡子一类的毛织品。橐（tuó）：口袋。

【译文】

汉代的制度:皇帝用的玉几,冬天会铺上平滑厚重并有彩色花纹的丝锦,称为"绨几"。用象牙制作火笼,火笼上面满布花纹。后宫用的火笼上是绣有五色花纹的绫。用酒代替研墨的水,因为酒不易结冰;采用玉制作砚台,也是因为它不易结冰。夏天使用长柄的羽毛扇,冬天使用长柄的丝织扇。王公诸侯全都采用竹子或木头制作的桌几,冬天就用细毛织品制成口袋套在桌几上面,以便倚靠,但不允许铺平滑厚重且有五彩花纹的丝锦。

几

供古人倚靠、放置物品的家具。《说文解字》:"古人坐而凭几。"在几千年的家具演变历史中,几出现了很多类别,如凭几、曲几、炕几、香几、茶几、条几、搁几等。

清代小几

清代香几

吉光裘

武帝时,西域献吉光裘①,入水不濡②。上时服此裘以听朝。

【注释】

① 西域:一般指玉门关、阳关以西的地区,最早见于《汉书·西域传》。吉光:也称吉良,是传说中的神马(一说神兽),它黄色的毛皮可以制成皮大衣,放进水里都不会湿,放入火中也烧不坏。裘(qiú):皮衣。

② 濡(rú):浸渍,沾湿。

【译文】

汉武帝在位时,西域献来吉光皮衣,放入水中也不会湿。汉武帝经常披着这件皮衣上朝听政。

汉武帝像
选自《帝王道统万年图》 （明）仇英 收藏于中国台北故宫博物院

汉武帝刘彻是西汉的第七位皇帝。汉武帝雄才大略，颇有建树，推动了西汉王朝的发展。

戚夫人歌舞

高帝戚夫人善鼓瑟击筑①。帝常拥夫人倚②瑟而弦歌，毕，每泣下流涟③。夫人善为翘袖折腰之舞④，歌《出塞》《入塞》《望归》之曲。侍婢数百皆习之，后宫齐首高唱，声入云霄。

【注释】

① 戚夫人：汉高祖的宠妃，深得宠幸，生子如意，封赵王。
   瑟：拨奏弦鸣乐器，发音原理同筝，通常张二十五根弦。
   筑：击奏弦鸣乐器，琴体狭长，木质，张五根弦，用竹棒击奏。

② 倚：随着，和着。

《合乐图》
（南唐）周文矩　收藏于美国芝加哥美术馆

③ 涟（lián）：泪流不断的样子。

④ 翘袖：举袖。折腰：弯腰。

【译文】

　　汉高祖的宠妃戚夫人擅长弹瑟击筑。汉高祖经常拥着她，随着瑟的旋律歌唱，每次唱完都怆然流泪。戚夫人还擅长跳举袖弯腰的舞，唱《出塞》《入塞》《望归》这些曲。好几百侍女全都学着唱，后宫的人一起齐声高唱，歌声直上云端。

汉高祖像
选自《历代帝王圣贤名臣大儒遗像》册
（清）佚名　收藏于法国国家图书馆

汉高祖刘邦，汉朝开国皇帝。秦末起义，胜项羽，统一天下。建立汉朝，定都长安。司马迁在《史记》中评价其：夏之政忠。忠之敝，小人以野，故殷人承之以敬。敬之敝，小人以鬼，故周人承之以文。文之敝，小人以僿，故救僿莫若以忠。三王之道若循环，终而复始。周秦之闲，可谓文敝矣。秦政不改，反酷刑法，岂不缪乎？故汉兴，承敝易变，使人不倦，得天统矣。朝以十月。车服黄屋左纛。葬长陵。

弧环

戚姬以百炼金为弧环^①，照见指骨。上恶之，以赐侍儿鸣玉、耀光^②等各四枚。

【注释】

① 姬（jī）：妾，亦是古人对妇女的美称。百炼金：经过多次锻炼的金属。弧（kōu）环：指环之类。

② 鸣玉、耀光：均为女婢名。

【译文】

戚夫人用百炼金做成指环，照得见手指的骨头。皇上（汉高祖）厌恶这样的东西，（戚夫人）便把它们赏赐给了鸣玉、耀光等女婢，每人四枚。

▶《宫女游园图》
（明）仇英　收藏于美国克利夫兰艺术博物馆

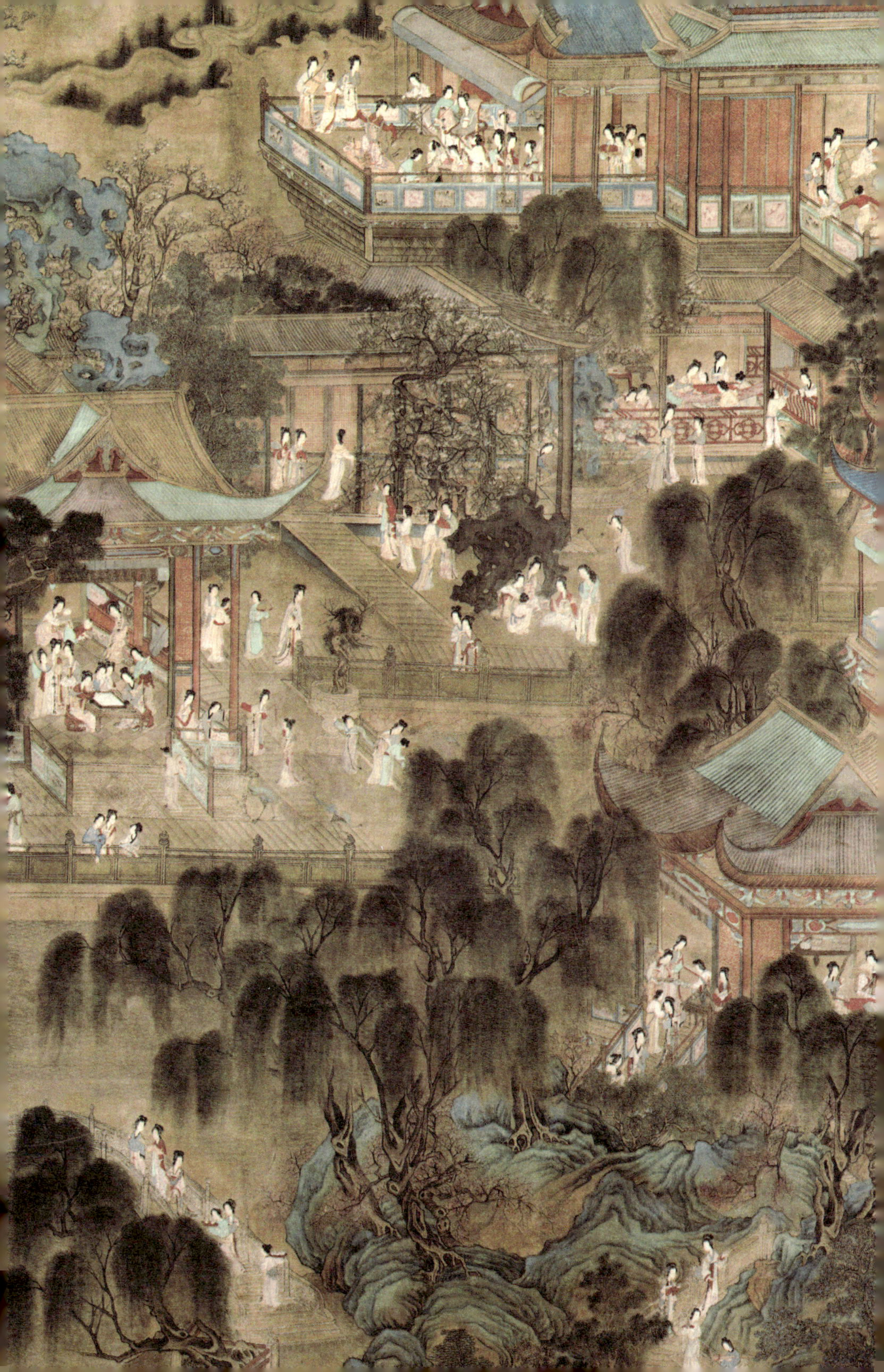

鱼藻宫

赵王如意①年幼,未能亲外傅②,戚姬使旧赵王内傅赵媪③傅之,号其室曰养德宫,后改为鱼藻宫。

【注释】

① 赵王如意:戚夫人的儿子,汉高祖在位的第七年(前200年),被封为代王;第九年(前198年),又被改封赵王。汉高祖曾多次要立他当太子,可大臣与吕后全都反对,后来被吕后毒死,年仅十一岁。

② 外傅:与"内傅"相对,即贵族子弟到特定年龄外出就学时所跟随的师傅。

③ 内傅:贵族子弟在家中的老师或保姆。媪(ǎo):对老妇人的通称。

【译文】

赵王如意年纪太小,还不能单独接受外面老师的教导,戚夫人便令赵王的老保姆赵媪来教导他,并将如意住的房室称为养德宫,后又改名叫鱼藻宫。

《蕉阴击球图》
（宋）佚名　收藏于北京故宫博物院
这是南宋一幅表现母与子的戏婴图。

缢杀如意

惠帝尝与赵王同寝处①,吕后欲杀之而未得。后帝早猎,王不能夙兴②,吕后命力士于被中缢③杀之。及死,吕后不之信。以绿囊盛之,载以小軿④车入见,乃厚赐力士。力士是东郭门外官奴。帝后知,腰斩之,后不知也。

【注释】

① 惠帝:汉惠帝刘盈(前210—前188年),高祖刘邦之子,吕后所生,公元前194年即位,公元前188年死于未央宫,年仅二十三岁。尝:曾经。

② 夙(sù)兴:早起。

③ 缢(yì):吊死,用绳子勒死。

④ 軿(píng):古时带帷幔的一种车,通常为妇女乘用。

【译文】

汉惠帝刘盈曾经跟赵王如意在一个地方生活起居,吕后想杀赵王但没能成功。后来,汉惠帝早起出去打猎,赵王没能早起,吕后便命令一个力士把赵王勒死在被子里了。赵王死了,吕后还不相信。力士便把赵王的尸身装进绿袋子里,用带帷幔的车子拉入宫见吕后,吕后这才重重地赏赐了力士。

该力士是（长安城）东郭门外官府里的一个奴仆。后来，汉惠帝知道了这件事，将力士腰斩，吕后并不知道。

《君车出行图》壁画
（汉）佚名

乐游苑

乐游苑①自生玫瑰树,树下多苜蓿②。苜蓿一名怀风,时人或谓之光风。风在其间,常萧萧③然。日照其花有光采,故名苜蓿为怀风。茂陵④人谓之连枝草。

【注释】

① 乐游苑(yuàn):又称乐游原、乐游园,是隋唐长安城内的一处游览胜地,因汉代曾在此设立乐游庙而得名。苑,通常指帝王游乐与狩猎的皇家园林。

② 苜蓿(mù xu):多年生开花植物,其种类颇多,通常为野生品种,是重要的牧草和绿肥作物。

③ 萧萧:风声或草木摇落之声。

④ 茂陵:古县名、陵墓名,西汉五陵邑(为守护帝王陵园所置的邑地)之一。

【译文】

乐游苑长出了一棵玫瑰树,树下到处是苜蓿。苜蓿的另一个名字为"怀风",那时候也有人叫它"光风"。风吹到苜蓿丛里,苜蓿便随风摇动。阳光照在苜蓿花上,花便有了光彩,所以叫"怀风"。茂陵人称其为"连枝草"。

《汉苑图》
（元）李容瑾　收藏于中国台北故宫博物院

太液池

  太液池边皆是雕胡、紫箨、绿节之类①。菰②之有米者,长安人谓为雕胡;葭芦③之未解叶者,谓之紫箨;菰之有首者,谓之绿节。其间凫雏、雁子布满充积④,又多紫龟、绿鳖。池边多平沙,沙上鹈鹕、鹧鸪、鹪鹩、鸿鹢⑤,动辄成群。

【注释】

① 太液池:位于陕西省西安市未央区苗圃内,兴建于汉武帝时期,其所涉及地域较广,故称为太液池。紫箨(tuò):初生的芦苇。

② 菰(gū):亦称"蒋",多年生禾本科草本植物,生长在水中。所结的颖果为狭圆柱形,被称为"菰米",亦称"雕胡米",可煮食。

③ 葭(jiā)芦:初生的芦苇。唐代孔颖达为《五经正义》作注曰:"初生为葭,长大为芦,成则名为苇。"

④ 凫(fú):野鸭。雏(chú):幼禽。

⑤ 鹈鹕(tí hú)、鹧鸪(zhè gū)、鹪鹩(jiāo jīng)、鸿鹢(yì):均为鸟名。除鹧鸪外,均为水鸟。

【译文】

　　太液池四周生长着雕胡、紫箨、绿节等植物。菰中长着"米"的,长安人叫它"雕胡";叶片尚未展开且初生不久的芦苇,叫作"紫箨";菰里面有头的,叫作"绿节"。这些植物之间,到处是小野鸭、小雁子,还有许许多多的紫龟和绿鳖。太液池的岸边有不少平整的沙地,沙地上到处是鹈鹕、鸥鸹、䴔䴖、鸿鶂等,常常成群结队。

《太液荷风图》
(宋)冯大有　收藏于中国台北故宫博物院

太液池又作泰液池。《三辅黄图》记载:太液池,在长安故城西,建章宫北,未央宫西南。太液者,言其津润所及广也。

终南山华盖树

终南山^①多离合草,叶似江蓠^②而红绿相杂,茎皆紫色,气如萝勒^③。有树直上百尺,无枝,上结丛条如车盖^④,叶一青一赤,望之班驳如锦绣。长安谓之丹青树,亦云华盖树。亦生熊耳山^⑤。

【注释】

① 终南山:秦岭主峰之一,又称南山、太一山、地肺山,位于今陕西西安以南,山势奇峻,植物繁茂,物产丰富。

② 江蓠(lí):香草,又名蘼芜,其叶子风干后可作香料,亦可作为香囊的填充物。

③ 萝勒:即罗勒,又称兰香、香菜、香草、零陵香,分别出自《齐民要术》《救荒本草》《本草纲目拾遗》《植物名实图考》。罗勒是重要的香料植物,叶片常用作烹饪调料,全草可入药。

④ 车盖:古代车上形圆如伞的车篷,可以遮雨蔽日。杜甫《病柏》诗:"有柏生崇冈,童童状车盖。"

⑤ 熊耳山:位于河南境内的秦岭东段,它的两个山峰形状像熊的耳朵,故得名。

【译文】

　　终南山上生长着许多离合草,叶子似江蓠,但红绿相间,草茎呈紫色,气味如同萝勒。山上有一种树,笔直朝上长出一百尺,全无树枝,而在树顶上,枝条缠结,形状就像是车盖,树叶有青色的、有赤红色的,看上去色彩斑斓,就像精美鲜艳的丝织品。长安人叫它丹青树,也叫华盖树。熊耳山也有这种树。

《丹山碧树图》
(清)王原祁　收藏于中国台北故宫博物院

高帝斩蛇

汉帝相传以秦王子婴①所奉白玉玺,高帝斩白蛇剑。剑上有七采珠、九华玉以为饰,杂厕五色琉璃为剑匣。剑在室②中,光景犹照于外,与挺剑不殊。十二年一加磨莹③,刃上常若霜雪。开匣拔鞘④,辄有风气,光彩射人。

【注释】

① 子婴:秦始皇的孙子,秦二世兄长的儿子。秦二世三年(前207年),赵高逼迫秦二世自杀,立子婴为秦王。子婴设计除掉赵高,并诛灭赵高三族。后降刘邦,不久被项羽杀害。

② 室:即剑鞘。汉杨雄《方言》卷九曰:"剑削(鞘),自河而北燕赵之间谓之室。"

③ 磨莹:打磨光亮。

④ 鞘(qiào):装刀剑的套子。

【译文】

汉朝历代皇帝把子婴献上的白玉玺和汉高祖刘邦斩白蛇的宝剑代代相传。宝剑之上装饰有七彩珠和九华玉,剑匣上也装饰着多彩的琉璃宝石。剑在剑鞘里面,它的光芒仍可以照射到剑鞘外面,与出鞘的剑没什么差别。每十二年打磨一次,剑刃上常常有如霜雪般白亮。开启剑匣,从剑鞘拔出,便有寒光剑气,光芒照人。

项羽像
选自《历代帝王圣贤名臣大儒遗像》册 (清)佚名 收藏于法国国家图书馆

西楚霸王项羽,秦末起义,最终败于刘邦,自刎于乌江。司马迁在《史记》中评价其:夫秦失其政,陈涉首难,豪杰蜂起,相与并争,不可胜数。然羽非有尺寸,乘势起陇亩之中,三年,遂将五诸侯灭秦,分裂天下而封王侯,政由羽出,号为"霸王",位虽不终,近古以来未尝有也。

七夕穿针开襟楼

汉彩女常以七月七日穿七孔针于开襟楼①,俱以习②之。

【注释】

① 彩女:亦作"采女",宫女的通称。七月七日:也就是"七夕",传说牛郎和织女会在七夕跨越天河相会。开襟(jīn)楼:又名开襟阁,汉代掖庭楼阁名,在未央宫,宫女居住之所。

② 习:这里指习以为常。

【译文】

汉朝宫女们常在七月初七这天,在开襟楼穿七孔针乞巧,大家全都习以为常了。

▶ 七月乞巧
选自《雍正十二月行乐图》 (清)郎世宁 收藏于北京故宫博物院

七夕,又称乞巧节,中国传统节日,起源于汉代。牛郎织女的传说见于《述异记》记载:大河之东,有美女丽人,乃天帝之子,机杼女工,年年劳役,织成云雾绢缣之衣,辛苦殊无欢悦,容貌不暇整理,天帝怜其独处,嫁与河西牵牛为妻,自此即废织纴之功,贪欢不归。帝怒,责归河东,一年一度相会。

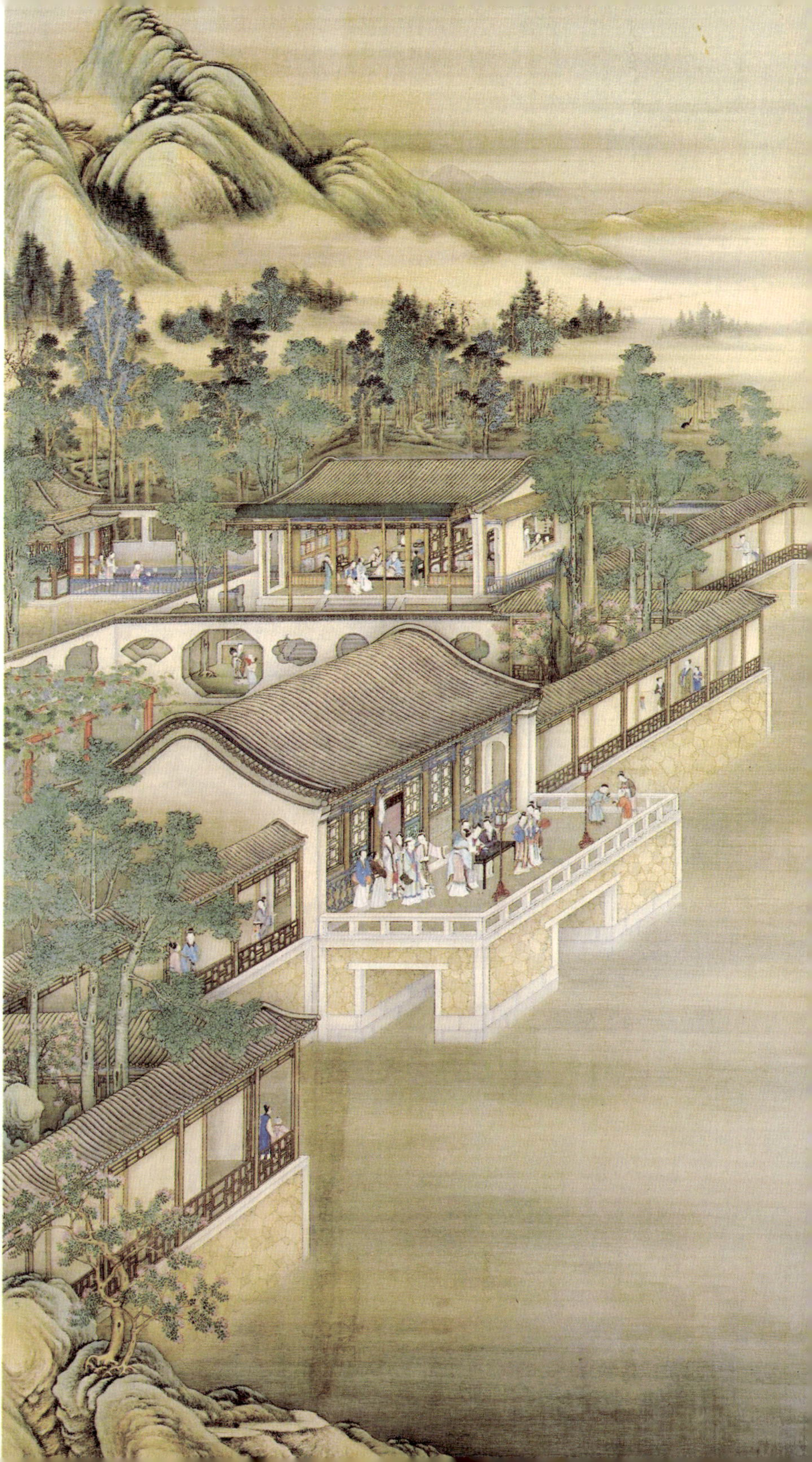

身毒国宝镜

宣帝被收系郡邸狱①，臂上犹带史良娣②合采婉转丝绳，系身毒③国宝镜一枚，大如八铢钱④。旧传此镜见妖魅，得佩之者为天神所福，故宣帝从危获济。及即大位，每持此镜，感咽移辰。常以琥珀笥盛之⑤，缄以戚里织成锦⑥，一曰斜文锦。帝崩，不知所在。

【注释】

① 系（xì）：拘囚。郡邸（dǐ）狱：汉代王侯、郡守的府邸内所设置的监狱。

② 史良娣：戾太子之妾，汉宣帝的祖母。

③ 身毒：中国史籍对"印度"的别译，始见于《史记》。

④ 八铢钱：汉朝初期的货币型制，属于半两钱，通行于前186年到前182年。

⑤ 常：通"尝"，曾经。笥（sì）：古代的一种方形竹器，用于盛放饭食或衣服。

⑥ 缄（jiān）：封，闭。戚里：汉代长安城内帝王姻戚聚居之处。

【译文】

汉宣帝被抓后,囚禁在郡邸狱,胳膊上还戴着他的祖母史良娣编的五彩图案的婉转丝绳,上面系着出自身毒国的一个宝镜。那个宝镜大小如八铢钱。传说它能照见妖魔鬼怪,戴它的人将会受到神灵庇佑,因此汉宣帝才能在危难时获救。等到登上大位,他每次拿起这个宝镜,都会感叹伤心很久。他曾将宝镜放在装饰着琥珀的竹筐里,并用戚里产的华锦包裹,这种锦又名斜文锦。汉宣帝死后,宝镜便不知所踪。

汉代五铢钱

汉发行过半两钱、三铢钱、四铢钱、五铢钱、白金币、铁钱等。最为流通的为五铢钱。铜钱圆形方孔,币面小篆铸"五铢"二字。

褒奖守令

选自《帝鉴图说》法文外销画绘本 （明）佚名 收藏于法国国家图书馆

汉宣帝知人善任，嘉奖官吏，当政期间十分看重官员的能力，会经常嘉奖政绩卓然的官员，对于多次受到嘉奖的官员，会适时擢升。

诏儒讲经
选自《帝鉴图说》法文外销画绘本　（明）佚名　收藏于法国国家图书馆

汉武帝崇尚儒家经典，希望各地儒学的大家能入朝为官，他听说申公学富五车，便立刻派人去请他入朝。汉武帝知晓申公年老，就用蒲草包裹马车轮，减少他坐马车的辛苦。为此举，申公欣然入朝。

霍显为淳于衍起第赠金

霍光妻遗淳于衍蒲桃锦二十四匹,散花绫二十五匹①。绫出钜鹿陈宝光家,宝光妻传其法。霍显召入其第②,使作之。机用一百二十镊③,六十日成一匹,匹直万钱。又与走珠一琲④,绿绫百端,钱百万,黄金百两,为起第宅,奴婢不可胜数。衍犹怨曰:"吾为尔成何功,而报我若是哉!"

【注释】

① 霍光:西汉中期权臣,霍去病同父异母的弟弟。淳于衍:汉宣帝时官廷里的女医,相当于现今的妇产科医生。蒲桃锦:织有葡萄花纹的彩色锦缎。蒲桃,即"葡萄"。散花绫:一种织有彩色花纹的丝织品。

② 第:古代大户人家的住宅。

③ 镊(niè):又称牵挺、镊机,古代织丝的器具,此处指织机上提综的踏板。

④ 走珠:珠的一种。南朝宋官员沈怀远《南越志》记载:"珠有九品……有光彩一边小平似履釜者名珰(dāng)珠,珰珠之次为走珠,走珠之次为滑珠。"琲(bèi):成串的珠子。

【译文】

　　霍光之妻送了淳于衍二十四匹蒲桃锦,二十五匹散花绫。这种散花绫产自钜鹿郡的陈宝光家,陈宝光之妻继承了织造这种绫的手艺。霍显将她招入自己家,让她织造这种散花绫。织这种绫的机器光提综的踏板就需要用一百二十个,六十天才能织出一匹,而一匹就价值万钱。霍显又赠给淳于衍十串走珠,绿绫百种,铜钱百万,黄金百两,还给她建造宅邸,宅邸里的奴婢数都数不过来。淳于衍还埋怨说:"我为你立下了那么大的功劳,而你报答我的就这些!"

汉代丝绸

两汉丝织业发达,有文字记载的种类有绨绢、素、纨、纱、罗、绮、锦等。

旌旗飞天堕井

济北王兴居反，始举兵，大风从东来，直吹其旌旗①，飞上天入云，而堕城西井中。马皆悲鸣不进。左右李廓等谏，不听。后卒②自杀。

【注释】

① 旌（jīng）旗：泛指旗帜。

② 卒（zú）：终于。

【译文】

　　济北王（汉高帝之孙刘兴居）造反，刚起兵就有大风从东方刮过来，直接把军旗刮跑了，带着它飞上天，进入云端，最后掉落在城西的一口井里。战马全悲切地嘶鸣，不愿意往前走。刘兴居的近臣李廓等劝他别举兵反叛了，但他听不进去。最终失败自杀。

《军旅图》
（明）尤求　收藏于中国台北故宫博物院

弘成子文石

五鹿充宗受学于弘成子①。成子少时，尝有人过己，授以文石，大如燕卵。成子吞之，遂大明悟，为天下通儒②。成子后病，吐出此石，以授充宗，充宗又为硕学③也。

【注释】

① 五鹿充宗：西汉经学家，字君孟，生卒年不详，官至尚书令、少府。五鹿，复姓，是以地名为姓，五鹿（今河南濮阳）为春秋时卫国地名。弘成子：西汉儒者，生平不详。

② 通儒：通常指学识渊博尊崇儒学的人。

③ 硕学：知识渊博的人。

【译文】

五鹿充宗曾拜弘成子为师。弘成子年少时，曾有人送他一枚有纹理的石头，大小如燕子的卵。弘成子吞下这枚石头后，变得极为聪慧，成为通晓古今、学识渊博的儒者。弘成子后来生病，吐出这枚石头，把它送给了五鹿充宗，五鹿充宗也成为学贯古今、声名卓著的大学者。

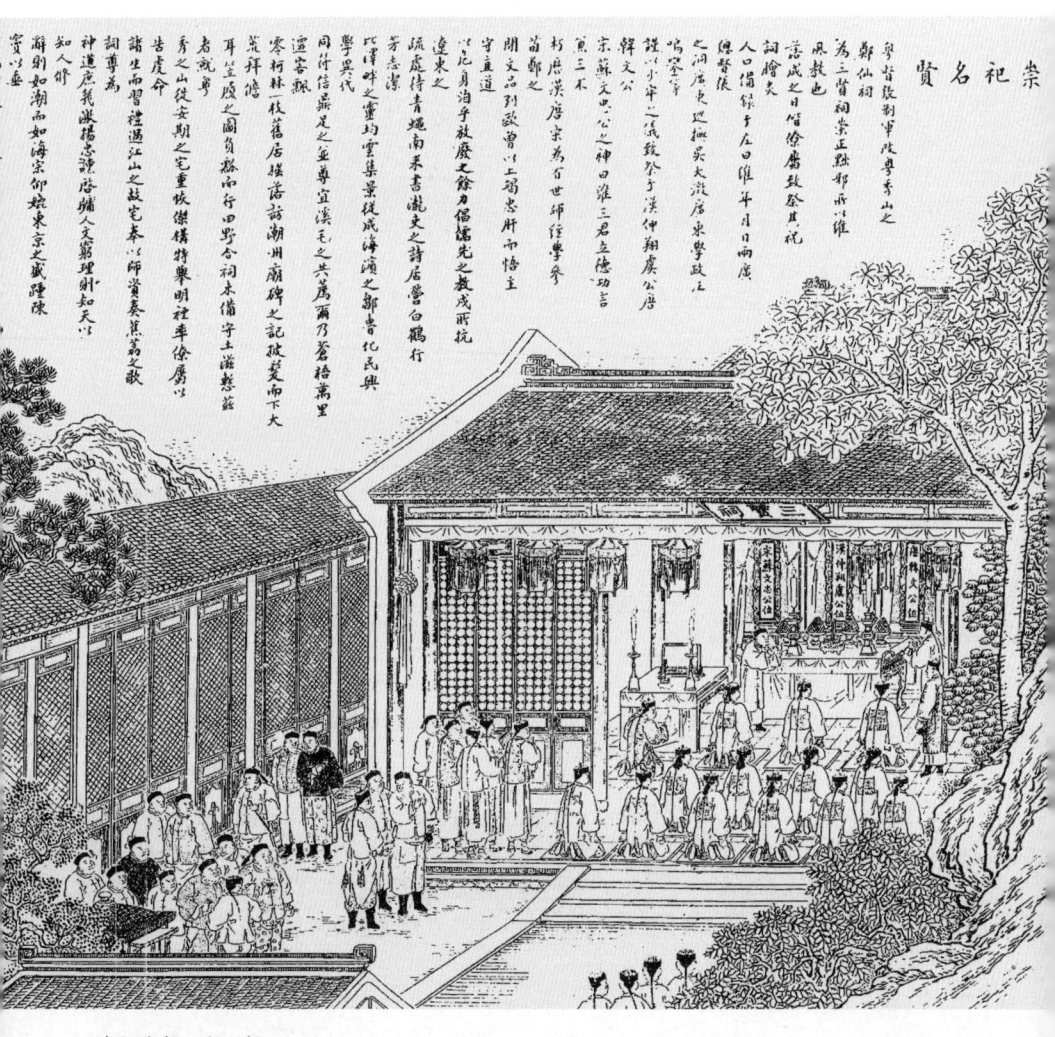

崇祀名贤·拜三儒
选自《点石斋画报·大可堂版》 （清）吴友如
三儒指的是汉朝仲翔虞公、唐朝韩文公、宋朝苏文忠公。

《黄鹄歌》

始元元年,黄鹄①下太液池。上为歌曰:"黄鹄飞兮下建章,羽肃肃兮行跄跄②,金为衣兮菊为裳。唼喋荷荇③,出入蒹葭④,自顾菲薄,愧尔嘉祥⑤。"

【注释】

① 黄鹄(hú):鸟名。《楚辞·惜誓》中有载:"黄鹄之一举兮,知山川之纡曲。"

② 肃肃:象声词,鸟羽振动之声。跄跄(qiāng):飞跃奔腾的样子。

③ 唼喋(shà zhá):鱼或水鸟吃食的声音。荇(xìng):荇菜。《诗·周南·关雎》:"参差荇菜,左右流之。"唐代孔颖达疏:"白茎,叶紫赤色,正圆,径寸余;浮在水上。"

④ 蒹葭(jiān jiā):指在特定生长周期没长穗的荻和初生的芦苇。

⑤ 嘉祥:祥瑞。《汉书·宣帝纪》:"(元康四年)……屡获嘉祥。"

【译文】

汉昭帝始元元年（前86年），黄鹄落在了太液池。汉昭帝为此作诗一首："黄鹄飞来啊降落建章，振翅而飞啊跳跃翱翔，上面金啊下面菊黄。在荷花和荇菜中寻找食物，在初生的芦和荻中来往，我觉得自己才能浅陋、仁德微薄，有愧于你带来的祥瑞。"

《荷石水鸟图》
（清）朱耷　收藏于北京故宫博物院

送葬用珠襦玉匣

汉帝送死皆珠襦玉匣①。匣形如铠甲,连以金缕。武帝匣上,皆镂为蛟、龙、鸾、凤、龟、麟之象②,世谓为蛟龙玉匣。

【注释】

① 珠襦(zhū rú):用珠缀串为饰的华美短衣。多为帝、后及贵族所服。襦,短衣或短袄。玉匣:也叫"玉衣",汉朝皇帝及贵族去世之后所用的殓服。这里指金缕玉衣。
② 象:形状,样子。

【译文】

汉朝皇帝丧葬均着以珠玉编缀装饰的玉衣。玉衣的外形如铠甲,用金丝将珠玉连缀起来。汉武帝所用的玉衣上,镂刻着蛟、龙、鸾、凤、龟、麒麟的形象,人们把它称为"蛟龙玉匣"。

陪葬玉器

古代人陪葬专用的一类玉器,葬玉是古代墓葬文化的重要组成部分,最早可追溯到旧石器时代。玉器的使用使陪葬品中出现大量玉明器,工匠将玉雕琢成各种形态,以示不同寓意。常见的陪葬玉明器有玉衣、玉塞、玉琮、玉蝉、玉覆面等。

周代玉覆面

汉代玉面具

三云殿

成帝设云帐、云幄①、云幕于甘泉紫殿,世谓三云殿。

【注释】

① 幄(wò):篷帐。

【译文】

汉成帝在甘泉宫的紫殿内摆上了云帐、云幄和云幕,人们称之为"三云殿"。

掖庭

汉掖庭①有月影台、云光殿、九华殿、鸣鸾殿、开襟阁、临池观,不在簿籍②,皆繁华窈窕③之所栖宿焉。

【注释】

① 掖(yè)庭:亦作"液廷"。皇宫中旁舍,宫嫔所居处。

② 簿(bù)籍:指账簿、名册等。

③ 窈窕（yǎo tiǎo）：形容女子文静而美好的样子。

【译文】

汉朝的掖庭内建有月影台、云光殿、九华殿、鸣鸾殿、开襟阁、临池观。未登记在掖庭花名册上的那些美丽宫女就住在这个地方。

《宫苑图》卷
（唐）佚名　收藏于北京故宫博物院

昭阳殿

赵飞燕女弟居昭阳殿①，中庭彤朱，而殿上丹漆，砌皆铜沓，黄金涂，白玉阶，壁带往往为黄金釭②，含蓝田璧，明珠、翠羽饰之。上设九金龙，皆衔九子金铃。五色流苏，带以绿文紫绶③，金银花镊。每好风日，幡旄④光影，照耀一殿，铃镊之声，惊动左右。中设木画屏风，文如蜘蛛丝缕。玉几玉床，白象牙簟⑤，绿熊席。席毛长二尺余，人眠而拥毛自蔽，望之不能见，坐则没膝。其中杂熏诸香，一坐此席，余香百日不歇。有四玉镇，皆达照无瑕缺。窗扉多是绿琉璃，亦皆达照，毛发不得藏焉。椽桷⑥皆刻作龙蛇，萦绕其间，麟甲分明，见者莫不兢慄⑦。匠人丁缓、李菊，巧为天下第一。缔构⑧既成，向其姊子樊延年说之，而外人稀知，莫能传者。

【注释】

① 赵飞燕：汉成帝的皇后，原为一名歌女，善歌舞，因体轻故称"飞燕"。昭阳殿：即位于未央宫的昭阳舍，成帝时赵飞燕姐妹的居所。

② 壁带：墙壁上露出的像带子一样的横木。釭（gāng）：古时宫室壁带上面的装饰物，一般为环状，由金属制成。

③ 绶（shòu）：一种丝质带子，常用以系帷幕或印环等。

④ 幡旄（fān máo）：旌旗的羽毛装饰物，也指装饰有羽

毛的旗幡。

⑤ 簟（diàn）：竹席，这里指凉席。

⑥ 椽桷（chuán jué）：圆形的椽子和方形的椽子。

⑦ 兢慄（jīng lì）：战栗，恐惧。

⑧ 缔（dì）构：营造，构建。

【译文】

赵飞燕的妹妹居于昭阳殿，庭院的中央是朱红色的，大殿上也被漆成红色，门槛儿上有一层铜，铜上镀了黄金，台阶是白玉的。壁带处处都有环状黄金装饰物，镶嵌着蓝田美玉，装饰着明亮的珍珠和翠绿的鸟羽。上面还设计了九条金龙，都衔着九子金铃，铃下是五彩的流苏。壁带上还挂有绿色花纹的紫色绶带，下面有雕刻着花朵图案的金银垂饰。每当风和日丽的时候，彩旗光影会映照整座宫殿，铃铛声也在附近回荡。殿里架设着绘有彩色图画的木屏风，上面的花纹细如蛛丝。殿中还有白玉做的几案和床，白色象牙的凉席，绿色熊皮做的席子。席子上的熊毛有二尺多长，人睡觉时躲在毛里，从远处根本看不到；坐着的时候，熊毛能遮过膝盖。席子中混杂熏染了多种香料，只要在这上面坐过，身染的香气即便百日也不会消散。席子周围还有四个玉镇，全都晶莹透亮，没有斑痕和缺损。门窗多镶嵌着绿色的琉璃，晶莹通透，头发丝也无法隐藏。圆形和方形的椽子上都雕刻着龙蛇的图案，龙蛇在椽木间缠绕，鳞甲栩栩如生，见到的人全都觉得害怕。工匠丁缓和李菊，技艺精湛，堪称天下第一。昭阳殿已经建造好了，对他（此人未知，疑上有脱文）侄子樊延年说过建殿的事情，不过宫外的人知道的很少，也就没有流传开来。

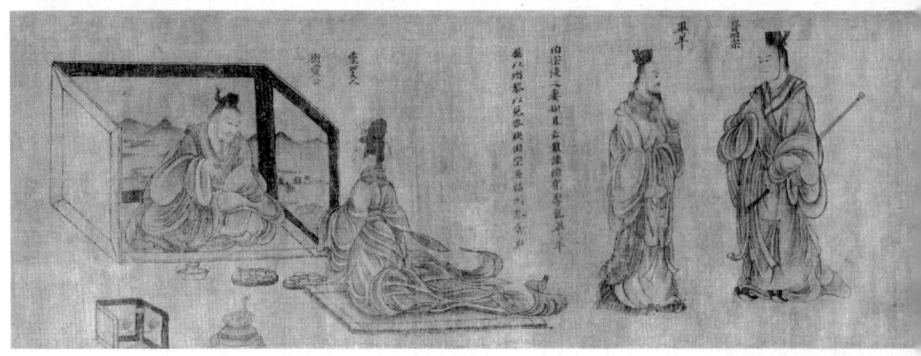

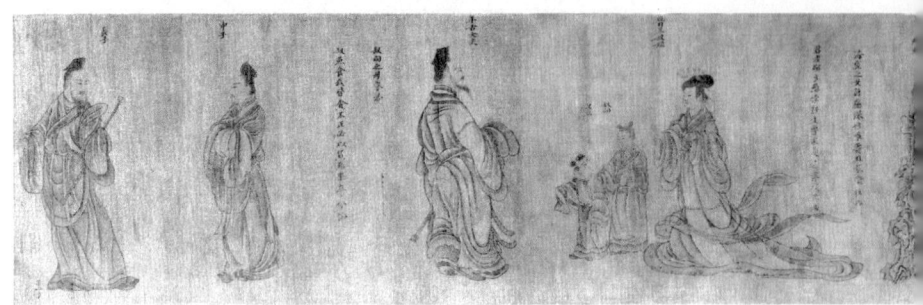

《汉成帝列女仁智图》
(晋)顾恺之\原作 此为宋人摹本

取材于汉朝刘向《古列女传》,分别为"楚武邓曼""许穆夫人""曹僖氏妻""孙叔敖母""晋伯宗妻""灵公夫人""晋羊叔姬"等。刘向著此书是希望汉成帝能够吸取前人教训,不再沉迷酒色,巩固刘氏政权,防止大权旁落。

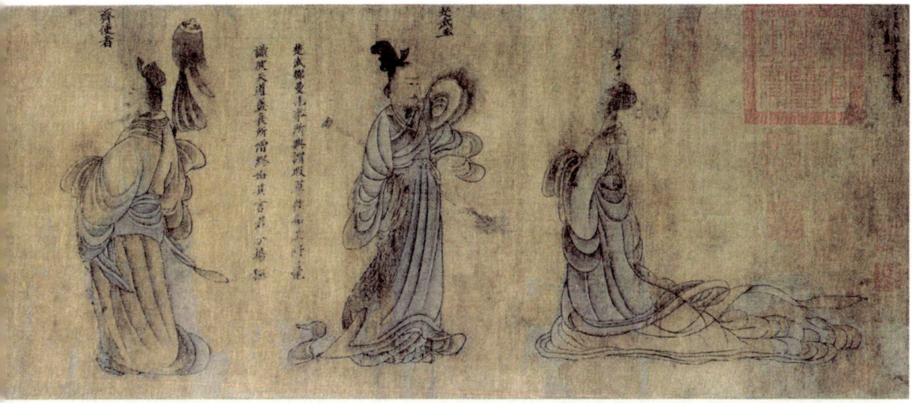

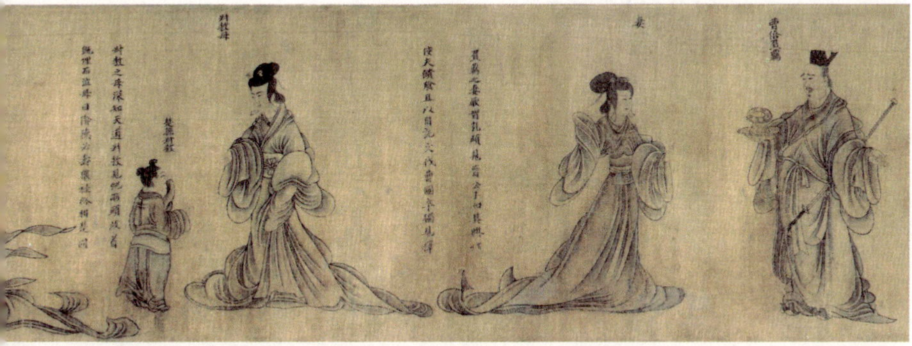

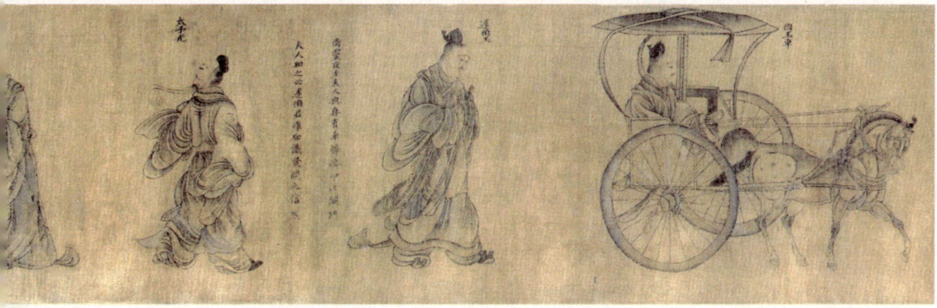

珊瑚高丈二

积草池中有珊瑚树①,高一丈二尺,一本三柯,上有四百六十二条。是南越王赵佗②所献,号为烽火树。至夜,光景常欲燃。

【注释】

① 积草池:上林苑十池之一,一说为"积翠池"之讹。珊瑚树:即珊瑚,一说为木棉。

② 赵佗(tuó):西汉初真定(今河北石家庄北)人,秦朝时在南海郡龙川县当县令,后来做了南海尉。秦朝末年,他兼并了桂林和象郡,开创了南越国。汉高祖十一年(前196年),被封为"南越王"。

【译文】

积草池内长有一棵"珊瑚树",高一丈二尺,树干上有三根大枝,大枝上有四百六十二根小枝。这棵树是南越王进献来的,叫"烽火树"。一到夜间,这棵树常常发光,那景象像是要烧起来一般。

玉鱼动荡

昆明池刻玉石为鱼,每至雷雨,鱼常鸣吼,鬐^①尾皆动。汉世祭之以祈雨,往往有验^②。

【注释】

① 鬐(qí):古通"鳍",即鱼鳍。

② 验:应验。

【译文】

昆明池里有用玉石雕刻而成的鲸鱼,每到雷雨交加之时,玉鲸常会发出鸣吼之声,鱼鳍、鱼尾也都在摆动。汉代祭拜玉鲸以求雨,经常会应验。

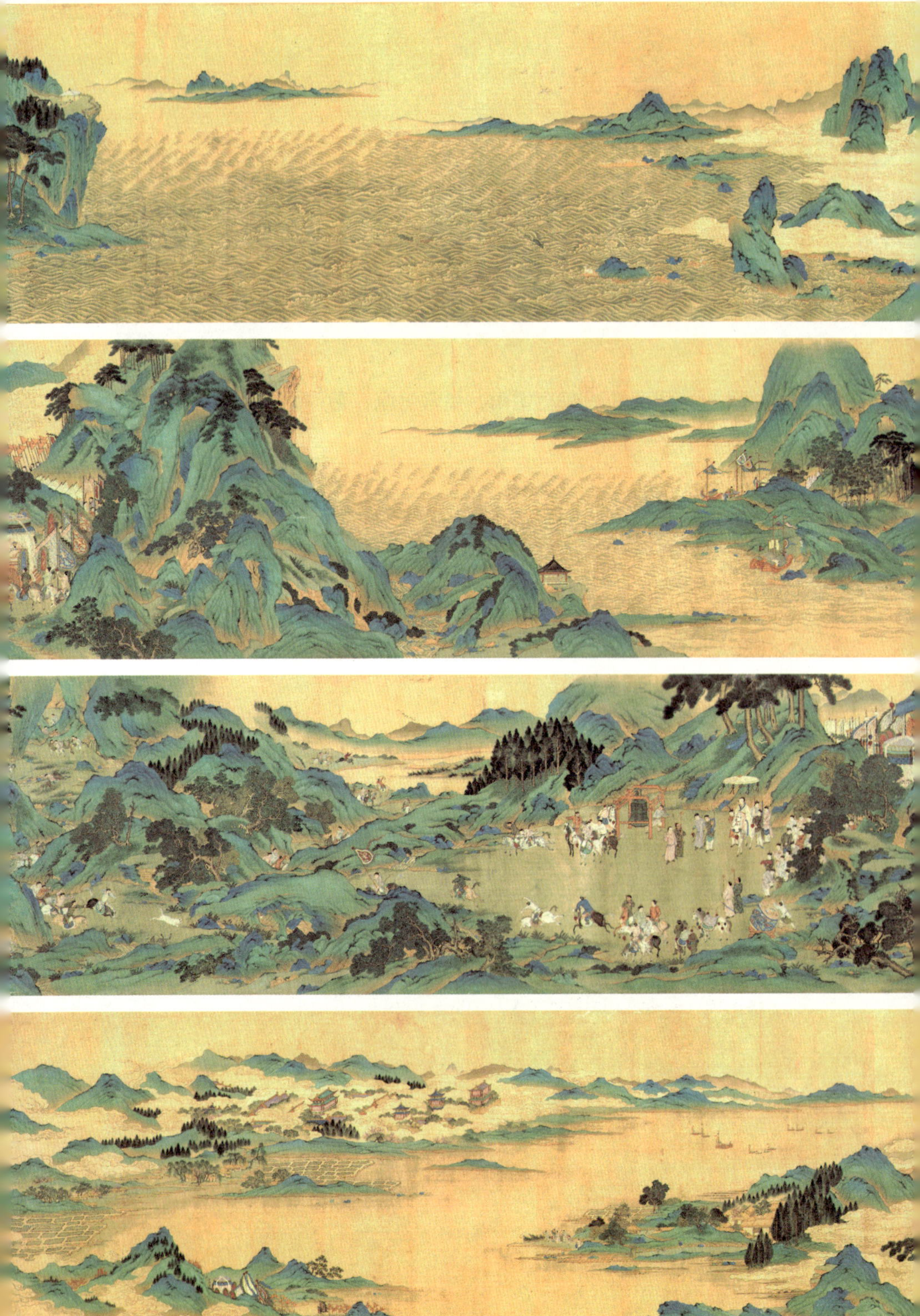

《上林图》卷一
（明）仇英 收藏于中国台北故宫博物院

仇英名下有《上林图》五卷，此为嘉靖戊戌年（1538年）款。

《上林图》卷二

（明）仇英　收藏于中国台北故宫博物院

此为嘉靖壬寅年（1542年）款。

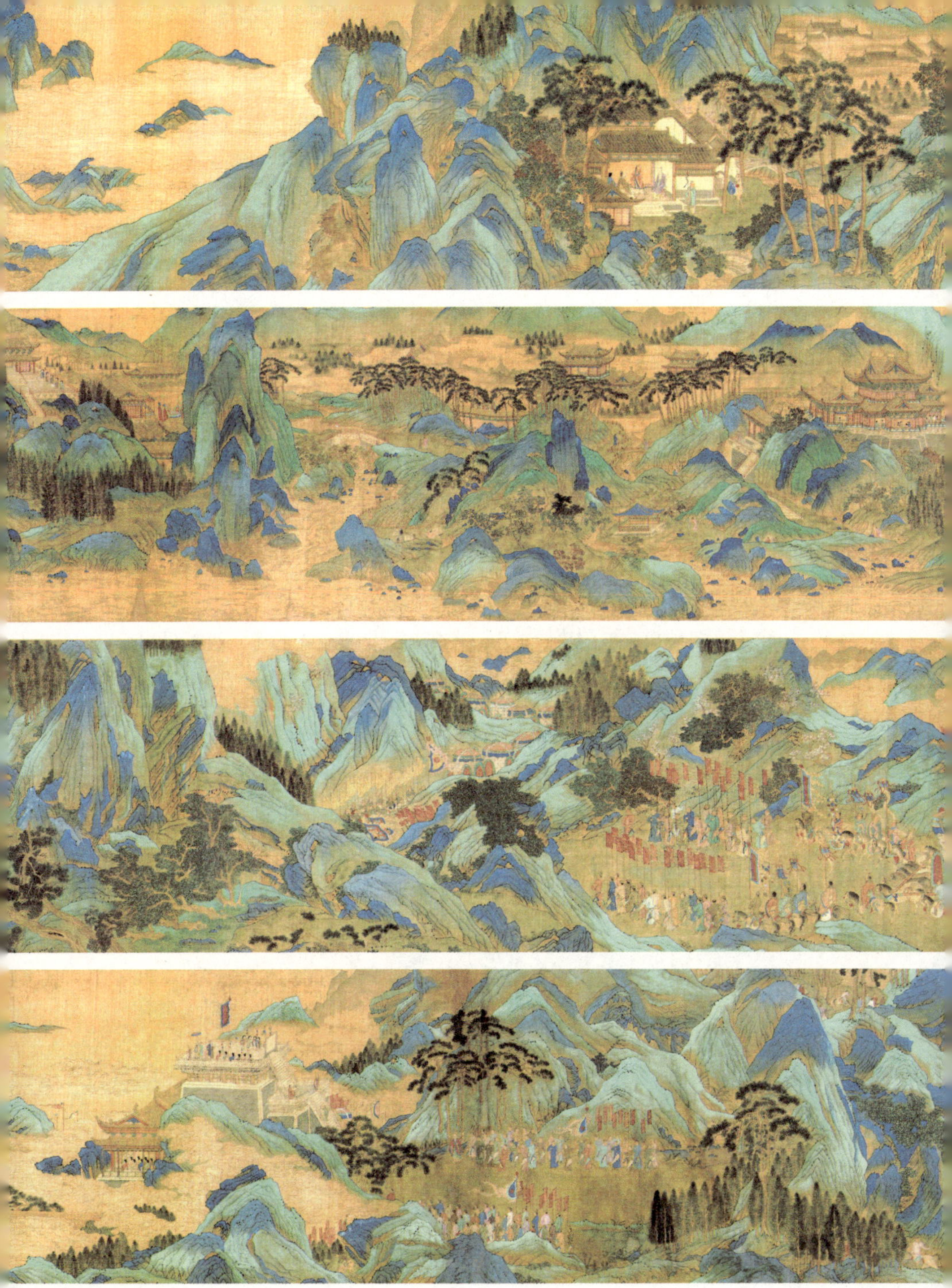

上林名果异木

初修上林苑，群臣远方，各献名果异树。亦有制为美名，以标奇丽者。

梨十：紫梨、青梨（实大）、芳梨（实小）、大谷梨、细叶梨、缥叶梨、金叶梨（出琅琊①王野家，太守王唐所献）、瀚海梨（出瀚海北，耐寒不枯）、东王梨（出海中）、紫条梨。

枣七：弱枝枣、玉门枣、棠枣、青华枣、梬枣、赤心枣、西王母枣（出昆仑山）。

栗四：侯栗、榛栗、瑰栗、峄②栗（峄阳都尉曹龙所献，大如拳）。

桃十：秦桃、榹桃③、缃④核桃、金城桃、绮叶桃、紫文桃、霜桃（霜下可食）、胡桃（出西域）、樱桃、含桃。

李十五：紫李、绿李、朱李、黄李、青绮李、青房李、同心李、车下李、含枝李、金枝李、颜渊李（出鲁）、羌李、燕李、蛮李、侯李。

柰⑤三：白柰、紫柰（花紫色）、绿柰（花绿色）。

查⑥三：蛮查、羌查、猴查。

椑⑦三：青椑、赤叶椑、乌椑。

棠四：赤棠、白棠、青棠、沙棠。

梅七：朱梅、紫叶梅、紫花梅、同心梅、丽枝梅、燕梅、猴梅。

杏二：文杏（材有文采）、蓬莱杏（东郡都尉于吉所献。一株花杂五色，六出，云是仙人所食）。

桐三：椅桐、梧桐、荆桐。

林檎⑧十株，枇杷十株，橙十株，安石榴十株，楟⑨十株，白银树十株，黄银树十株，槐六百四十株，千年长生树十株，万年长生树十株，扶老木十株，守宫槐十株，金明树二十株，摇风树十株，鸣风树十株，琉璃树七株，池离树十株，离娄树十株，楠四株，枞七株，白俞、栒杜、栒桂⑩、蜀漆树十株，栝⑪十株，楔⑫四株，枫四株。

余就上林令虞渊得朝臣所上草木名二千余种。邻人石琼就余求借，一皆遗弃。今以所记忆，列于篇右。

【注释】

① 琅琊（láng yá）：又作琅邪，秦汉郡名，在今山东东南部。

② 峄（yì）阳：地名，即峄山之南，在鲁国驺县境内，今山东邹城东南。

③ 榹（sī）桃：山桃，又名毛桃。

④ 缃（xiāng）：浅黄色。

⑤ 柰（nài）：像苹果但较小，也称沙果。

⑥ 查（zhā）：即楂，山楂。

⑦ 椑（bēi）：即椑柿，柿子的一种，即现今的"油柿"，果小色黑，能够制漆，所以也叫"漆柿"。

⑧ 林檎（qín）：果木名，即沙果，在南方称为花红，果实比柰小而圆。

⑨ 樗（tíng）：山梨。

⑩ 栒：音义均不详。栒杜，疑为棠梨之类。栒桂，一说指岩桂。

⑪ 栝（kuò）：即桧（guì），也称圆柏。

⑫ 楔（xiē）：樱桃树。

【译文】

汉武帝扩修上林苑之初，众多臣子和边远属国，都进献了名贵的果木奇树。有一些还取了好听的名字，以彰显其新奇美丽。

十种梨树：紫梨、青梨（果大）、芳梨（果小）、大谷梨、细叶梨、缥叶梨、金叶梨（出产于琅玡郡王野家，是太守王唐进献的）、瀚海梨（出产于瀚海之北，不怕严寒，不会枯萎）、东王梨（出产于海中岛屿）、紫条梨。

七种枣树：弱枝枣、玉门枣、棠枣、青华枣、梬枣、赤心枣、西王母枣（出产于昆仑山）。

四种栗树：侯栗、榛栗、瑰栗、峄阳栗（峄阳都尉曹龙进献的，果实像拳头那么大）。

十种桃树：秦桃、榹桃、缃核桃、金城桃、绮叶桃、紫文桃、霜桃（下霜后才能吃）、胡桃（出产于西域）、樱桃、含桃。

十五种李树：紫李、绿李、朱李、黄李、青绮李、青房李、同心李、车下李、含枝李、金枝李、颜渊李（出产于鲁地）、羌李、燕李、蛮李、侯李。

三种柰树：白柰、紫柰（花是紫色的）、绿柰（花是绿色的）。

三种查树：蛮查、羌查、猴查。

三种椑树：青椑、赤叶椑、乌椑。

四种棠树：赤棠、白棠、青棠、沙棠。

七种梅树：朱梅、紫叶梅、紫花梅、同心梅、丽枝梅、燕梅、猴梅。

两种杏树：文杏（树的枝干上有花纹）、蓬莱杏（东郡都尉于吉进献，一棵树上的花五颜六色，每朵花有六瓣，传说这是仙人吃的东西）。

三种桐树：椅桐、梧桐、荆桐。

十棵林檎树，十棵枇杷树，十棵橙树，十棵安石榴树，十棵棹树，十棵白银树，十棵黄银树，六百四十棵槐树，十棵千年长生树，十棵万年长生树，十棵扶老木，十棵守宫槐树，二十棵金明树，十棵摇风树，十棵鸣风树，七棵琉璃树，十棵池离树，十棵离娄树，四棵楠树，七棵枞树，白俞树、梅杜、梅桂、蜀漆树各十棵，十棵栝树，四棵楔树，四棵枫树。

我从上林令虞渊那里得到了朝臣进献的草木名册共有两千多种。邻居石琼找到我，求我借给他看看，结果全都给弄丢了。现在我把记住的那些列在上面。

《上林图》卷三

（明）仇英　收藏于美国弗利尔美术馆

此为嘉靖辛亥年（1551年）款。

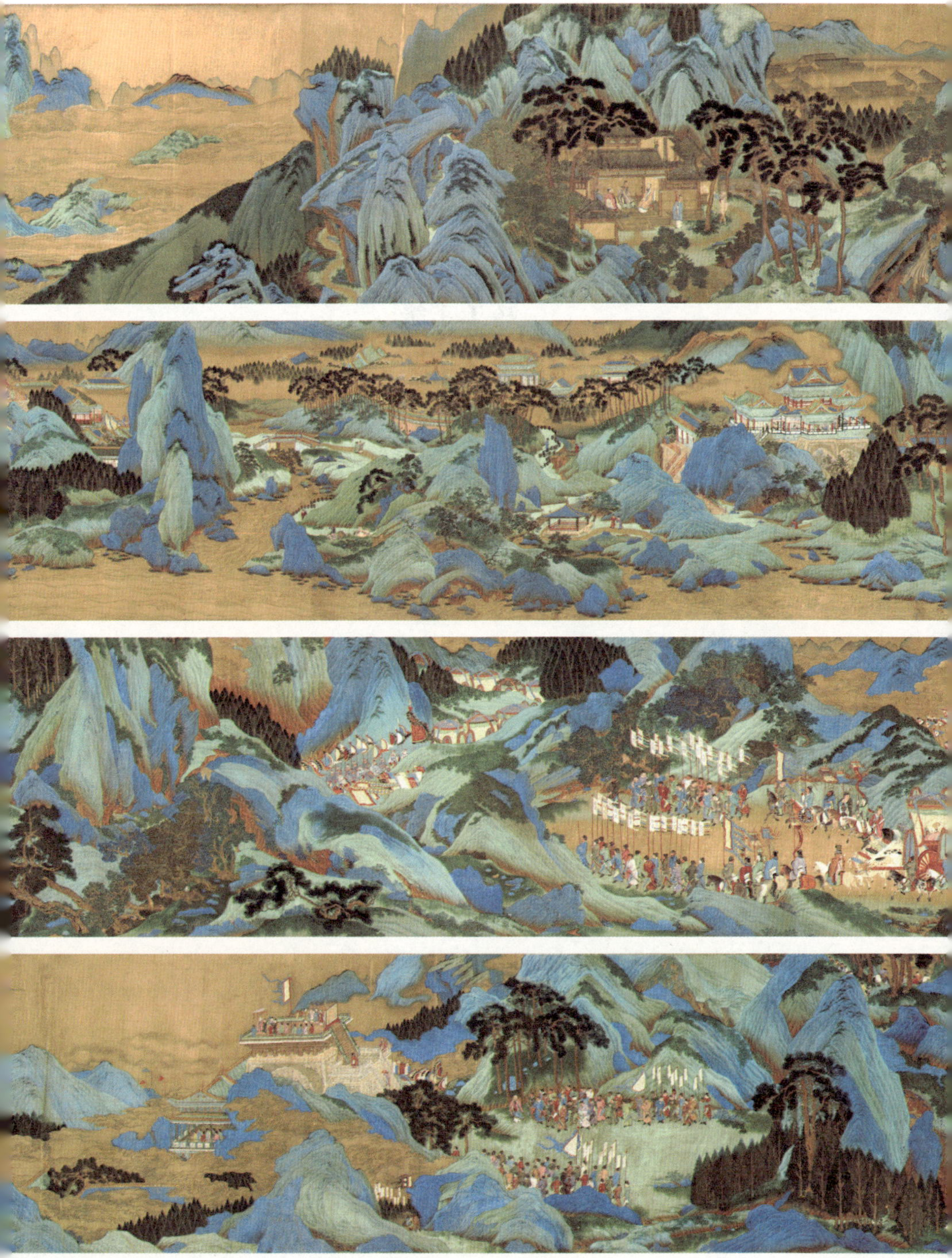

巧工丁缓

长安巧工丁缓者,为常满灯①,七龙五凤,杂以芙蓉莲藕之奇。又作卧褥香炉,一名被中香炉。本出房风②,其法后绝。至缓始更为之,为机环,转运四周,而炉体常平,可置之被褥,故以为名。又作九层博山③香炉,镂④为奇禽怪兽,穷诸灵异,皆自然运动。又作七轮扇,连七轮,大皆径丈,相连续,一人运之,满堂寒颤。

【注释】

① 常满灯:汉代一种灯笼名,因为灯油常满常燃,故得名。

② 房风:人名,生平不详,应为汉代巧工。

③ 博山:神话中的仙山,寓意广阔博大。

④ 镂(lòu):雕刻。

【译文】

在长安,有一个名叫丁缓的匠人,他制作了一种常满灯,这种灯的灯面上雕刻着七条龙和五只凤,还夹杂着芙蓉、莲藕等奇特的花纹装饰。他还做过一种卧褥香炉,也称为被中香炉。这种香炉的制作技艺源于房风,后来技艺失传了,直到丁缓才得以再现。炉上安有一种机械轮子,周围能够转动,但炉身却始终直立,可以放在被子里,因此得名。丁缓还做过一种九层博山香炉，炉上雕刻着奇禽异兽，有各种巧异的玩意儿，并且能自动旋转。他还做过一种七轮扇，用七个轮子相互衔接，大轮子的直径有一丈。一个人来操作，扇出来的风会让满屋子的人都觉得冷到发抖。

汉代博山炉
收藏于日本东京国立博物馆

飞燕昭仪赠遗之侈

赵飞燕为皇后，其女弟在昭阳殿遗飞燕书曰：

"今日嘉辰，贵姊懋膺洪册①，谨上禭②三十五条，以陈踊跃③之心：金华紫轮帽，金华紫罗面衣，织成上襦，织成下裳，五色文绶，鸳鸯襦，鸳鸯被，鸳鸯褥，金错绣裆④，七宝綦履⑤，五色文玉环，同心七宝钗，黄金步摇⑥，合欢圆珰⑦，琥珀枕，龟文枕，珊瑚玦⑧，马脑彄⑨，云母扇，孔雀扇，翠羽扇，九华扇，五明扇，云母屏风，琉璃屏风，五层金博山香炉，回风扇，椰叶席，同心梅，含枝李，青木香，沉水香，香螺卮⑩（出南海，一名丹螺），九真雄麝香，七枝灯。"

【注释】

① 懋膺（mào yīng）：荣膺。懋，古同"茂"，盛大，后引申为喜庆之意。膺，接受、承当。洪册：册封皇后的仪式。贵、懋、洪都是古文中常见的礼节性褒美用词。

② 禭（suì）：原本是指赠送死者的衣衾，后来泛指赠人衣物。

③ 踊跃（yǒng yuè）：欢欣鼓舞的样子。

④ 裆（dāng）：两个裤腿相互连接的地方。

⑤ 綦履（qí lǚ）：一般指采用斜纹丝织物制作的鞋。

⑥ 步摇：古代女子的一种头饰，因走起路来摇动而得名。

⑦ 珰（dāng）：玉制的耳饰。

⑧ 玦（jué）：古人佩戴的一种玉器，环形有缺口。

⑨ 马脑弜：玛瑙指环。马脑，即玛瑙。

⑩ 香螺卮（zhī）：香螺壳制的酒杯。卮，古代的酒器，圆筒形，有的有盖，多用青铜或兽角制成。

【译文】

　　赵飞燕被册封为皇后，她住在昭阳殿的妹妹写信说："今天是个好日子，姐姐荣封为皇后，我谨向您进献三十五件礼物，略微表示一下我的开心之情：金花装饰紫色圆边的帽子，金花装饰紫色丝织头巾，织成锦做的短袄，织成锦做的下衣，五彩纹理的丝带，带有鸳鸯绣图的短袄，带有鸳鸯绣图的被子，带有鸳鸯绣图的褥子，华美秀丽的绣花坎肩，镶嵌多种宝物的系带鞋子，有彩色纹理的玉环，有同心纹理并饰有多种宝石的钗子，用黄金制作的步摇，用合欢纹理装饰的耳珠，用琥珀装饰的枕头，带龟背纹理的枕头，珊瑚制作的玉环，玛瑙制作的指环，云母扇，孔雀扇，翠羽扇，九华扇，五明扇，带流云纹理的屏风，用琉璃装饰的屏风，带有五层金的博山香炉，回风扇，椰叶做的席子，同心梅，含枝李，青木香，沉水香，香螺壳制的酒器（产于南海，也叫丹螺），九真郡雄麝香，七枝灯。"

《玉玦仕女图》　　（明）唐寅

擅宠后宫

赵后体轻腰弱,善行步进退,女弟昭仪①不能及也。但昭仪弱骨丰肌,尤工②笑语。二人并色如红玉,为当时第一,皆擅宠后宫。

【注释】

① 昭仪:汉元帝设置的妃嫔封号,当时为最高位妃嫔称号,位同宰相,仅次于皇后,爵比诸侯王。

② 工:善于,擅长。笑语:人在说话的时候,略带微笑。

【译文】

赵皇后(赵飞燕)身体轻盈,体态纤弱,走姿优雅,进退拿捏得当,她的妹妹赵昭仪不及她。不过,昭仪身体娇弱,肌肤丰腴,载笑载言的神情尤其动人。两姐妹的容貌都像红玉一般,在当时冠绝天下,在后宫中都独享恩宠。

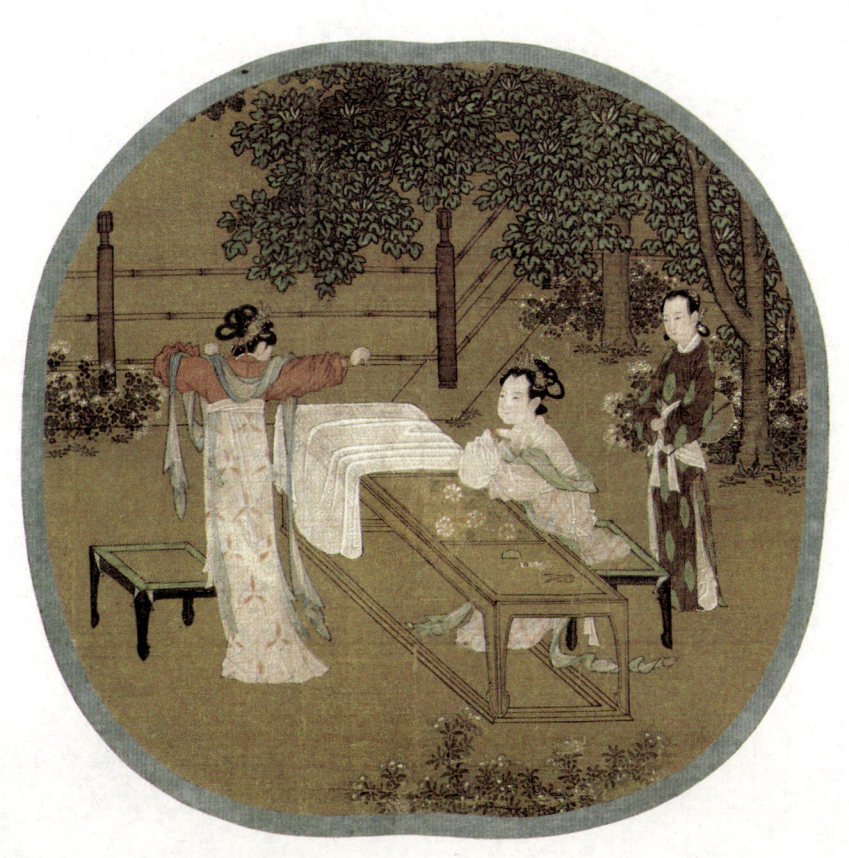

《宫女图》
（宋）刘松年　收藏于日本东京国立博物馆

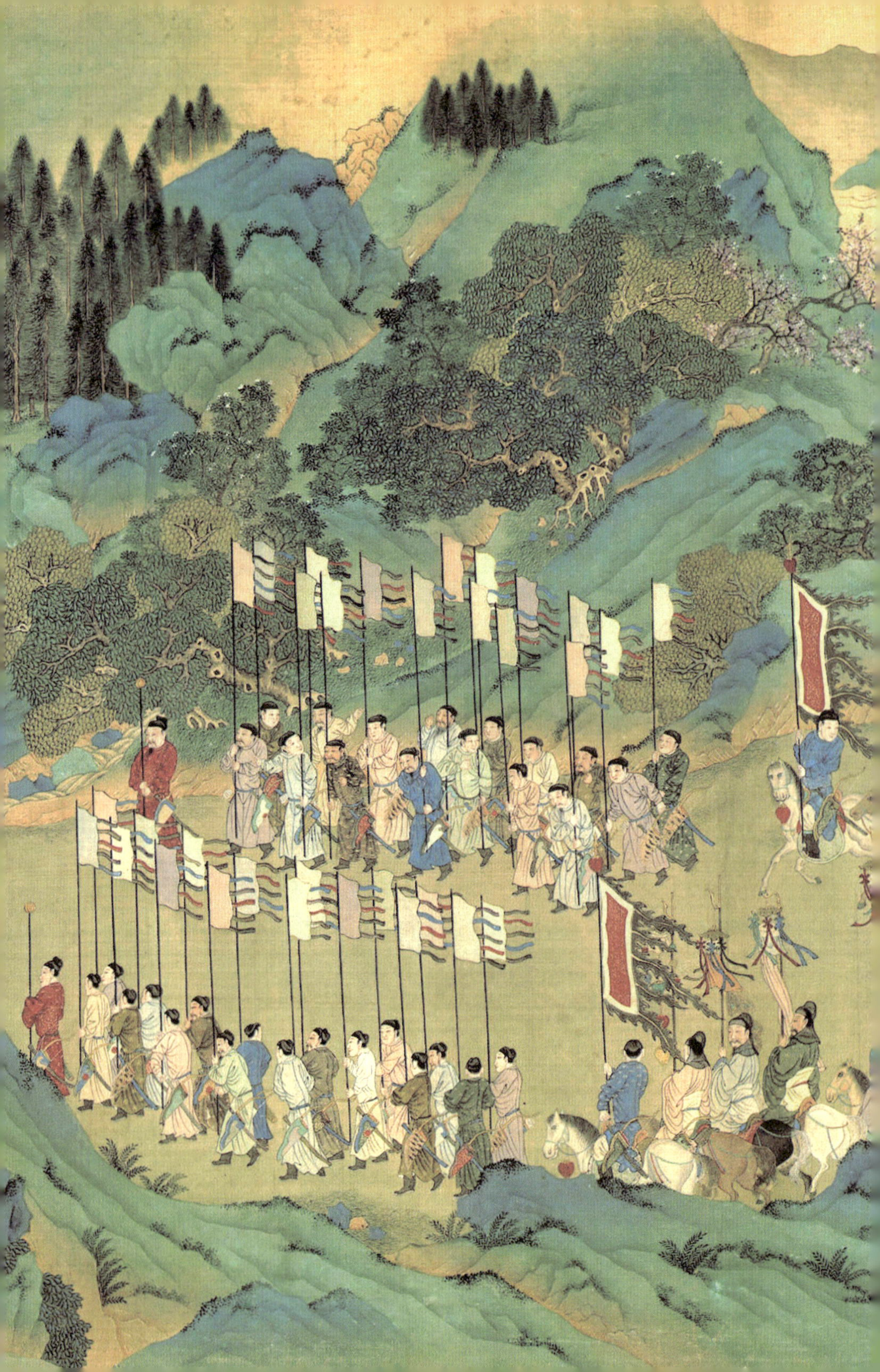

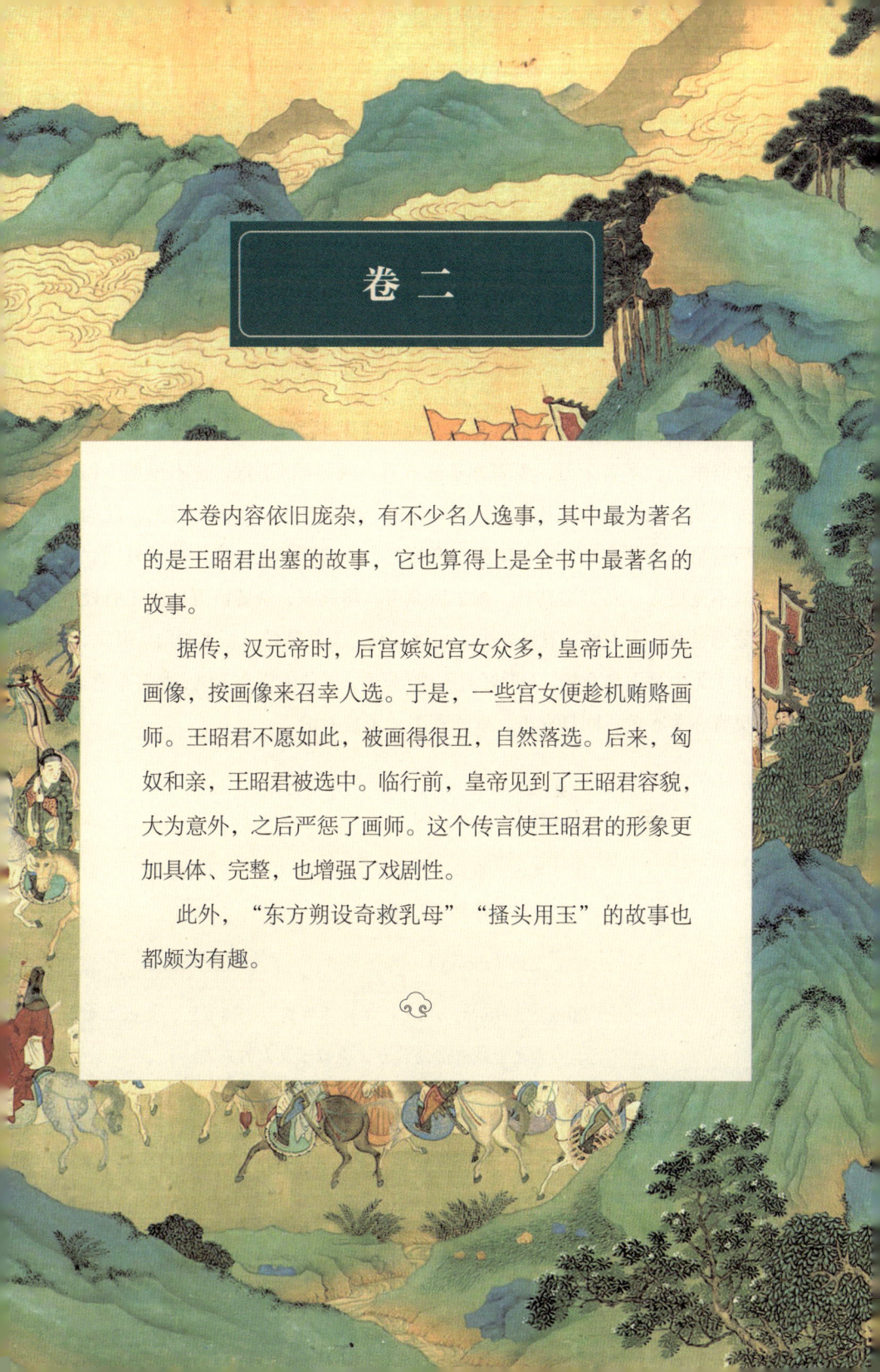

卷 二

　　本卷内容依旧庞杂，有不少名人逸事，其中最为著名的是王昭君出塞的故事，它也算得上是全书中最著名的故事。

　　据传，汉元帝时，后宫嫔妃宫女众多，皇帝让画师先画像，按画像来召幸人选。于是，一些宫女便趁机贿赂画师。王昭君不愿如此，被画得很丑，自然落选。后来，匈奴和亲，王昭君被选中。临行前，皇帝见到了王昭君容貌，大为意外，之后严惩了画师。这个传言使王昭君的形象更加具体、完整，也增强了戏剧性。

　　此外，"东方朔设奇救乳母""搔头用玉"的故事也都颇为有趣。

画工弃市

元帝后宫既多,不得常见,乃使画工图形,案图召幸之①。诸宫人皆赂画工,多者十万,少者亦不减五万,独王嫱②不肯,遂不得见。匈奴入朝,求美人为阏氏③,于是上案图,以昭君行。及去,召见,貌为后宫第一,善应对,举止闲雅。帝悔之,而名籍已定。帝重信于外国,故不复更人。乃穷案其事,画工皆弃市,籍其家,资皆巨万。画工有杜陵毛延寿,为人形,丑好老少,必得其真。安陵陈敞,新丰刘白、龚宽,并工为牛马飞鸟众势,人形好丑不逮④延寿。下杜阳望亦善画,尤善布色。樊育亦善布色。同日弃市。京师画工,于是差稀。

【注释】

① 案图:根据人物画像。案,通"按",根据。幸:指封建时代得到帝王的宠爱。

② 王嫱(qiáng):即王昭君,汉元帝时的宫女。

③ 阏氏(yān zhī):亦称"焉提""阏支",汉时匈奴人之妻或者妾的称号,类似于汉人的夫人。

④ 逮(dài):到,及。

【译文】

汉元帝时,后宫妃嫔和宫女实在太多了。因没办法经常

明妃出塞
选自《人物故事图》册 （明）仇英 收藏于北京故宫博物院

王昭君，即明妃，本名王嫱或王嫱，与西施、貂蝉、杨玉环并称"中国古代四大美女"，被汉元帝嫁于匈奴首领呼韩邪。此画以昭君远赴匈奴和亲的故事为题材，描绘了昭君在匈奴人的护送下出塞的场面。

召见她们，（汉元帝）就先让画师描摹她们的画像，再依据画像召幸。宫女们全都贿赂画师，拿得多的有十万钱，拿得少的也不少于五万。只有王昭君不想贿赂画师，所以也就没能得到汉元帝的召见。匈奴来到汉朝，想求个美人做夫人。于是皇上根据画像，选中了王昭君。等到要送走的时候，昭君才得到皇帝的召见，发现她的样貌是后宫之最，而且善于答对，举止高雅，汉元帝后悔不已。可是，名册已经定好，皇帝也应注重信义，所以不能再换人。于是汉元帝命人彻查这件事，画师都被处死在街头，抄没家产，资产都有亿万之巨。画师中有杜陵的毛延寿，他画人的形貌，无论好看与否、年纪大小，都能画得惟妙惟肖；安陵的陈敞，新丰的刘白、龚宽，都擅长画牛、马、飞鸟的姿态，但在画人物形貌上不及毛延寿。下杜的阳望也善于画人的形貌，尤其擅长上色。樊育也擅长上色。他们都在同一天被处死在街市。京城的画师，也因为这样变得少了。

东方朔设奇救乳母

武帝欲杀乳母，乳母告急于东方朔。朔曰："帝忍而愎①，旁人言之，益死之速耳。汝临去，但屡顾我，我当设奇以激之。"乳母如言。朔在帝侧曰："汝宜速去。帝今已大，岂念汝乳哺时恩邪②！"帝怆然③，遂舍之。

【注释】

① 愎（bì）：固执，任性。

② 邪（yé）：同"耶"，疑问词，如吗、呢。

③ 怆（chuàng）然：形容悲伤。

【译文】

　　汉武帝想要杀掉他的乳母，他的乳母便去求助东方朔。东方朔说："皇帝心狠且特别固执，别人若为你说情，你会死得更快。只要你在即将行刑时，不断回头看我，我将在那时安排妙计激皇帝放了你。"乳母果然按照他说的照做了，东方朔在汉武帝的一旁说："你就赶快上路吧，陛下现在长大了，难道他还会感念你喂养他的恩情吗？"汉武帝感到很难过，于是释放了乳母。

东方朔像
选自《历代帝王圣贤名臣大儒遗像》册　（清）佚名
收藏于法国国家图书馆

东方朔，西汉时期著名词赋家、文学家，著有《东方太中集》。司马迁将其写于《史记·滑稽列传》中，并评价其为"滑稽之雄"。

五侯鲭

五侯不相能①,宾客不得来往。娄护②丰辩,传食五侯间,各得其欢心,竞致奇膳。护乃合以为鲭③,世称"五侯鲭",以为奇味焉。

【注释】

① 五侯:汉成帝的五个娘舅,即平阿侯王谭、成都侯王商、红阳侯王立、曲阳侯王银、高平侯王逢时。能:和睦。

② 娄护:即楼护,字君卿,齐国(今山东)人,少时随父在长安行医,出入贵戚家,后改学经传,任京兆吏多年,是五侯的上宾。

③ 鲭(zhēng):鱼脍,把鱼、肉合在一起烹煮而成的食品。

【译文】

五侯(汉成帝的五个舅舅)彼此不和睦,各自的宾客也不能相互走动。楼护能说会道,在五个侯爷间辗转用饭,不仅能赢得每个侯爷的欢心,五个侯爷还争相给他送来奇珍美膳。楼护把这些膳食放在一起烹煮,做成了"鲭",人们称之为"五侯鲭",认为那是一道奇特的美味。

五侯擅权
选自《帝鉴图说》法文外销画绘本　（明）佚名　收藏于法国国家图书馆

汉成帝登基后，对太后的五位弟弟多加照拂，分别封为侯爷。王氏一门愈发显贵，前来奉承和送钱办事的人也越来越多，他们利用这些钱财修建了大宅，宅内用品十分奢侈，甚至有点超过了皇帝的宫殿。汉成帝知道后依旧纵容五侯的行为，不为所动。

公孙弘粟饭布被

公孙弘①起家徒步,为丞相,故人高贺从之。弘食以脱粟饭,覆以布被。贺怨曰:"何用故人富贵为?脱粟布被,我自有之。"弘大惭。贺告人曰:"公孙弘内服貂蝉,外衣麻枲,内厨五鼎,外膳一肴,岂可以示天下!"于是朝廷疑其矫②焉。弘叹曰:"宁逢恶宾,无逢故人。"

【注释】

① 公孙弘:西汉政治家、学者,菑川国薛县(今山东滕州官桥镇)人。年轻时为薛县狱吏,因罪免。家贫,牧猪于海上。年四十余方学《春秋》杂说,从胡毋生习《公羊传》。

② 矫:虚伪做作。

【译文】

公孙弘出身平民,当上丞相之后,老朋友高贺便跟在他身旁。公孙弘给高贺吃糙米饭,盖粗布的被子。高贺心生不满,抱怨道:"老朋友富贵了又能如何?糙米饭、粗布被,我自己家就有。"公孙弘感觉非常惭愧。高贺还跟别人说:"公孙弘在家穿着华服,到外面却穿麻衣;在家里摆着五口大锅吃喝,到外面吃饭却只吃一道菜。怎么能给天下人做榜样呢?"于是朝中的人都怀疑公孙弘假装清贫。公孙弘感叹地说:"我宁愿碰到恶劣的宾客,也不愿再碰到这样的老朋友!"

《南唐文会图》
(宋)佚名　收藏于北京故宫博物院

文会,指的是文人雅士之间聚会。"文会"二字最早见于南朝梁刘勰《文心雕龙·时序》:逮明帝秉哲,雅好文会。

文帝良马九乘

文帝自代①还,有良马九匹,皆天下之骏马也。一名浮云,一名赤电,一名绝群,一名逸骠,一名紫燕骝②,一名绿螭骢③,一名龙子,一名麟驹,一名绝尘,号为九逸。有来宣能御,代王号为王良,俱还代邸。

【注释】

① 代:汉初同姓九国之一,以出产骏马而闻名,都代县(今河北蔚县东北)。

② 骝(liú):黑鬃黑尾的红马。

③ 螭骢(chī cōng):古良马名。螭,古代传说中的一种动物,蛟龙之属,头上无角。骢,青白色的马。

【译文】

汉文帝从代地回京,还带来了九匹好马,全是这世上难得的骏马。一匹叫浮云,一匹叫赤电,一匹叫绝群,一匹叫逸骠,一匹叫紫燕骝,一匹叫绿螭骢,一匹叫龙子,一匹叫麟驹,一匹叫绝尘,合称"九逸"。有一个叫来宣的人,善于驾御这九匹骏马,代地的君主叫他王良,并带他一起回到了京城的代国府邸。

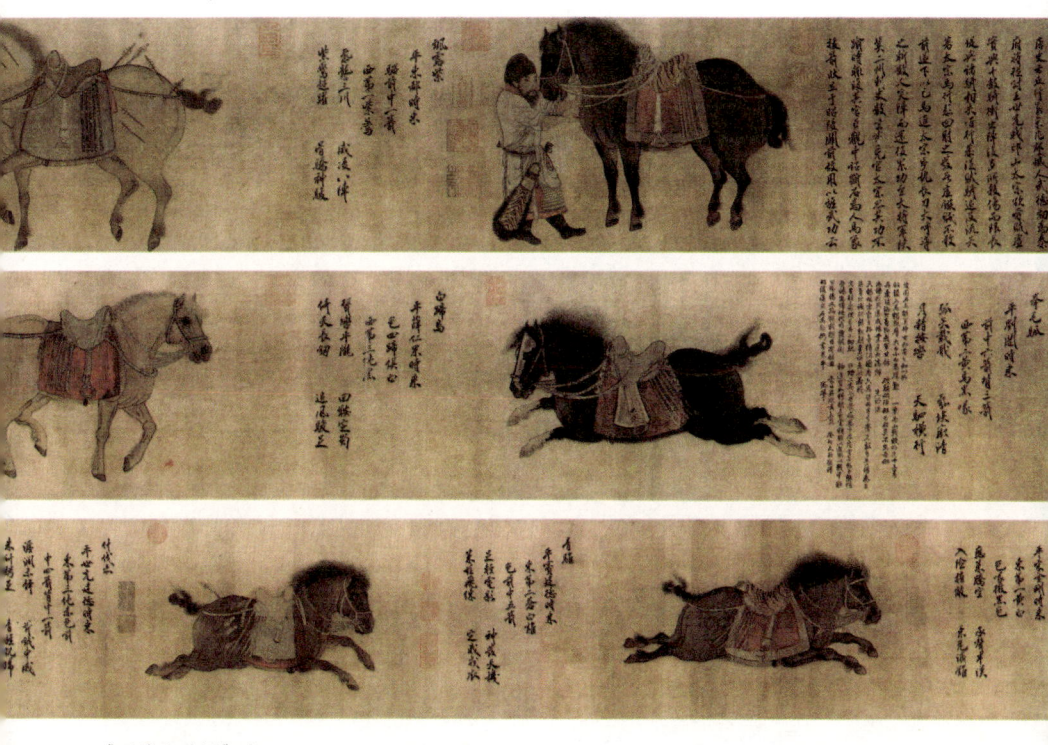

《昭陵六骏图》卷
（金）赵霖　收藏于北京故宫博物院

昭陵指唐太宗的陵寝。汉文帝有"九逸"，唐太宗有"六骏"。六骏是随唐太宗李世民征战天下的几匹战马，分别为"飒露紫""拳毛䯄""白蹄乌""什伐赤""青骓""特勒骠"。

白蹄乌

武帝马饰之盛

武帝时,身毒国献连环羁①,皆以白玉作之,马瑙石为勒,白光琉璃为鞍。鞍在暗室中常照十余丈,如昼日。自是长安始盛饰鞍马,竞加雕镂,或一马之饰直百金。皆以南海白蜃为珂②,紫金为华,以饰其上。犹以不鸣为患,或加以铃镊,饰以流苏,走则如撞钟磬,若飞幡葆③。

后得贰师④天马,帝以玟瑰石为鞍,镂以金银鍮石⑤,以绿地五色锦为蔽泥⑥,后稍以熊罴⑦皮为之。熊罴毛有绿光,皆长二尺者,直百金。卓王孙有百余双,诏使献二十枚。

【注释】

① 羁(jī):无嚼口的马笼头。

② 蜃(shèn):大蛤蜊,外壳颜色漂亮,可作装饰用。珂(kē):马笼头的装饰。东汉服虔《通俗文》:"凡勒饰曰珂。"

③ 幡葆(bǎo):车盖上的旗子。葆,车盖,上面装饰有五色羽毛。

④ 贰师:古城名,属大宛(yuān),在现今吉尔吉斯斯坦的奥什。

⑤ 鍮(tōu)石:黄铜,一种铜矿石。

⑥ 蔽泥:即障泥,一种马具,垫在马鞍下,垂于马腹两边,可遮挡尘土。

⑦ 罴（pí）：即棕熊，皮毛通常为棕色。

【译文】

汉武帝在位时，身毒国献来一个连环羁，都是用白玉制作，用玛瑙镶勒口，用透亮的琉璃做马鞍。马鞍在黑暗的室内常常能够照亮十几丈远，就像是白天。从这以后，长安才盛行装饰马头和马鞍。人们竞相给马装饰打扮，有时候一匹马的装饰就要花上百金。当时，大家都用南海的白蜃制作珂饰，用紫金制作花饰，挂在马笼头上。又担心这些东西不会发出响声，有的人又加装铃铛，系上彩穗流苏。如此一来，马一跑动就像钟磬相碰般发出响声，彩穗像车盖上的旗帜一样随风飘扬。

后来，汉武帝得到贰师出产的骏马，用美丽的玉石做鞍，用金、银、黄铜等雕刻图案加以装饰，以绿底五种颜色的锦缎制作障泥，后来又渐渐用熊罴的皮毛制作障泥。熊罴的毛发着绿色的光，全有二尺长，价值百金。卓王孙拥有一百多套这样的障泥，武帝命令他进献二十个。

《职贡图》
（唐）阎立本　收藏于中国台北故宫博物院
《诗经·小雅》记载："溥天之下，莫非王土，率土之滨，莫非王臣。"中国历史上，商朝武丁盛世、汉武帝盛世、唐朝开元盛世、明朝永宣盛世、清朝康乾盛世这几个时期的综合国力强盛，外藩属国皆臣服中国，会定期朝贡。

茂陵宝剑

昭帝①时,茂陵家人②献宝剑,上铭曰:"直千金,寿万岁。"

【注释】

① 昭帝:汉武帝少子,母为赵婕妤。汉武帝后元二年(前87年)二月立为皇太子,年八岁,即皇帝位。

② 家人:汉代宫廷中没有名号和职位的官人,这里指看守陵墓的人。

【译文】

汉昭帝时,在茂陵守汉武帝陵墓的人进献了一把宝剑,剑上的铭文是"价值千金,万寿无疆"。

汉代彩绘陶舞俑 　　汉代女仕俑 　　汉代彩绘陶俑女像

相如死渴

　　司马相如初与卓文君还成都,居贫愁懑①,以所着鹔鹴裘就市人阳昌贳酒②,与文君为欢。既而文君抱颈而泣曰:"我平生富足,今乃以衣裘贳酒。"遂相与谋于成都卖酒。相如亲着犊鼻裈③涤器,以耻王孙。王孙果以为病,乃厚给文君,文君遂为富人。文君姣好,眉色如望远山,脸际常若芙蓉,肌肤柔滑如脂。十七而寡,为人放诞风流,故悦长卿之才而越礼焉。长卿素有消渴疾,及还成都,悦文君之色,遂以发痼症④。乃作《美人赋》,欲以自刺,而终不能改,卒以此疾至死。文君为诔⑤,传于世。

【注释】

① 愁懑(mèn):愁闷。

② 鹔鹴(sù shuāng)裘:用鹔鹴鸟的皮做成的皮衣。鹔鹴,雁的一种,颈长,羽绿。贳(shì):赊欠,这里指抵押。

③ 犊鼻裈(kūn):短裤或围裙,因形似犊鼻而得名。

④ 痼(gù)症:即痼疾,久治不愈的病或顽疾。

⑤ 诔(lěi):古时的一种悼辞,用来表彰逝者德行,仅用在上对下的情况。

【译文】

司马相如跟卓文君刚刚回到成都时,生活困苦,忧愁烦闷。司马相如把身上穿的鹔鹴裘抵押给集市上的阳昌,赊了一些酒,与卓文君借酒消愁。酒喝光了,文君抱着相如的脖子,哭着说:"我生来就富足,不愁吃不愁穿,现在竟然沦落到当衣服来赊酒喝的境地!"于是他俩便商量在成都卖酒为生。相如亲自围着围裙洗碗碟,以便让卓王孙觉得难堪。卓王孙果然觉得这是一种耻辱,于是送给文君可观的财物,文君一下子变成了有钱人。卓文君相貌美丽,眉毛如远山含黛,两颊总像盛开的荷花,肌肤柔嫩光滑如凝脂。她十七岁寡居,性情放诞风流,因中意司马相如的才华,违犯礼法与其私奔。司马相如本来就有糖尿病,等回到成都,因贪恋文君的美色,导致顽疾复发。于是他作了一首《美人赋》,想用来规诫自己,但终究是改不掉,最后因病去世。卓文君写了悼文哀悼他,文章流传于世。

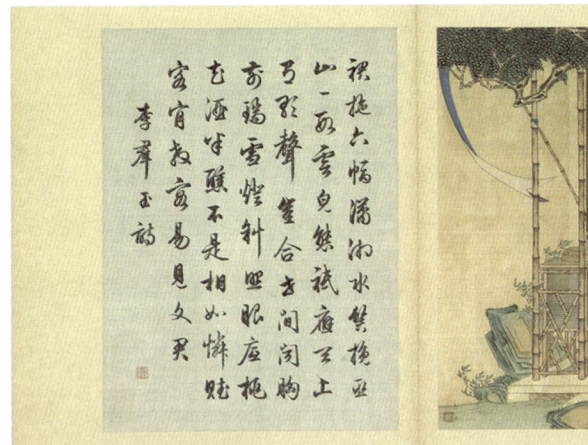

卓文君像
选自《画丽珠萃秀》册 (清)赫达资 收藏于中国台北故宫博物院

司马相如曾欲纳妾,卓文君便作《白头吟》以表达其内心哀怨之情,具体如下:皑如山上雪,皎若云间月。闻君有两意,故来相决绝。今日斗酒会,明旦沟水头。躞蹀御沟上,沟水东西流。凄凄复凄凄,嫁娶不须啼。愿得一心人,白头不相离。竹竿何袅袅,鱼尾何簁簁!男儿重意气,何用钱刀为!

赵后淫乱

庆安世年十五,为成帝侍郎。善鼓琴,能为《双凤离鸾》之曲。赵后悦之,白上,得出入御内,绝见爱幸。尝着轻丝履,招风扇,紫绨裘,与后同居处。欲有子,而终无胤嗣①。赵后自以无子,常托以祈祷,别开一室,自左右侍婢以外,莫得至者,上亦不得至焉。以軿车②载轻薄少年,为女子服,入后宫者日以十数,与之淫通,无时休息。有疲怠者,辄差代之,而卒无子。

【注释】

① 胤嗣(yìn sì):后嗣,后代。

② 軿(pēng)车:有帷幕的车子。

【译文】

庆安世十五岁时,做了汉成帝的侍从官。他擅长弹琴,能弹《双凤》《离鸾》等曲。赵皇后很喜欢他,禀告了皇上,让其得以自由出入内庭,极受宠爱。庆安世经常穿着轻丝鞋,扇着招风扇,身穿紫绨大衣,跟赵皇后住在一起。曾想有个孩子,但终究也没有生出一个后代。赵皇后因自己没有儿子,经常假借祈祷生子,在宫中另开房间,除了贴身侍婢外,外人都不准许入内,皇上也不例外。她常命人经常用带帷幔的车子载运好色的少年,穿着女人的衣服,进入后宫,每天有十几个人,与她私通,一刻也不休息。如果有疲劳倦怠的,就派别人替换,可最终还是生不出儿子。

《女史箴图》

(晋)顾恺之 原作 此为唐人摹本 收藏于大英博物馆

女史,对女官的尊称。西晋惠帝时贾皇后独揽大权,臣子张华写历代贤女的故事著成《女史箴》,以示对帝后劣行的警醒。

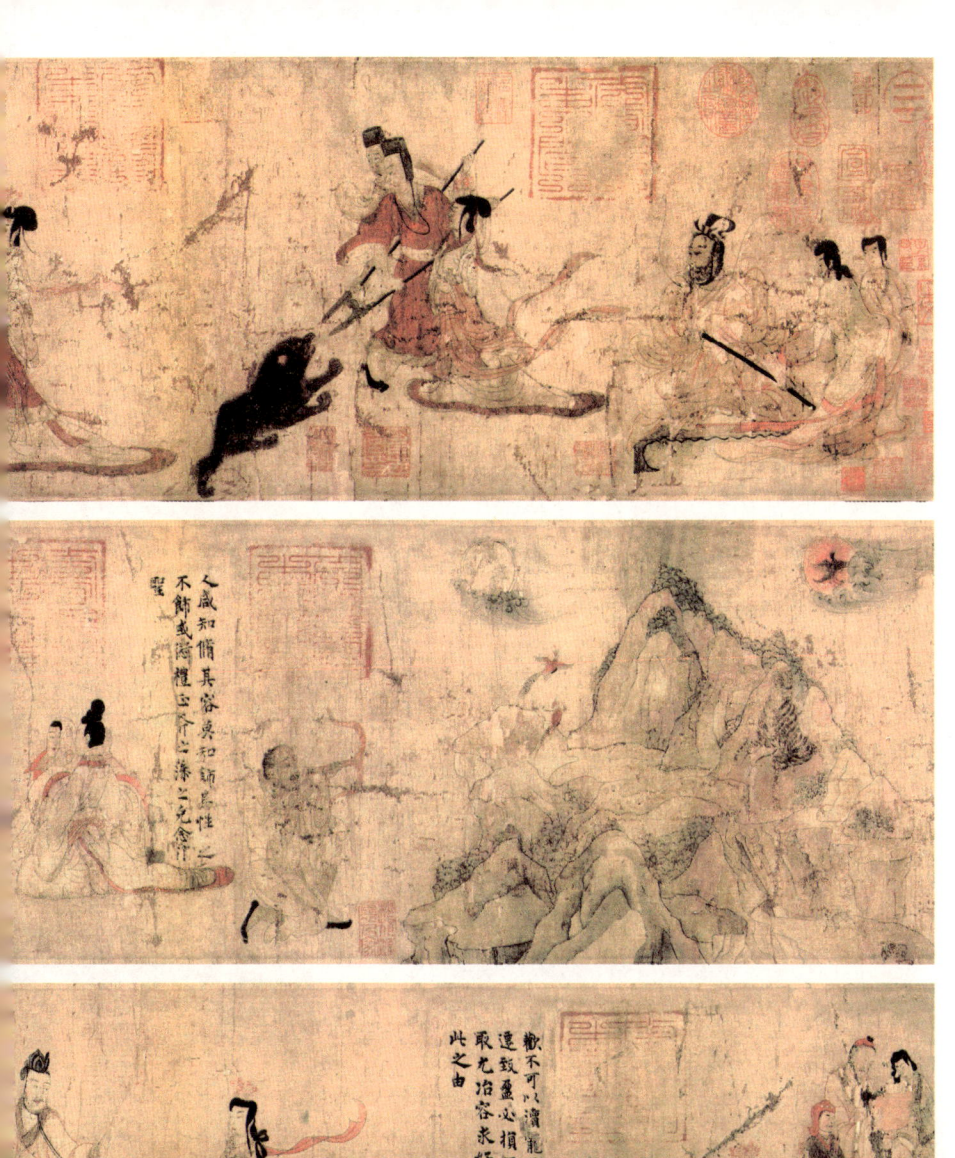

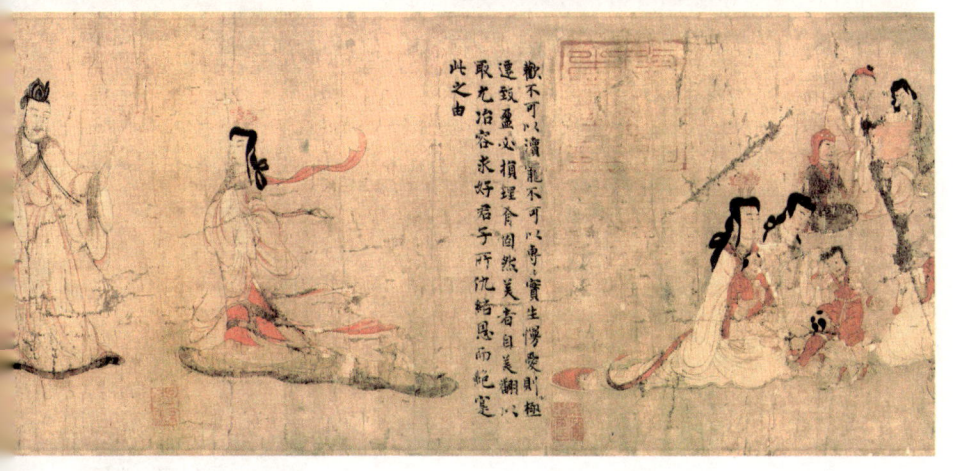

人咸知饰其容而莫知饰其性性之
不饰或愆礼正斧之斨之是剡

欢不可以渎宠不可以专专实生慢爱极则迁
致盈必损理有固然美者自美翩以
取尤冶容求好君子所仇结恩而绝寔
此之由

作新丰移旧社

太上皇徙长安，居深宫，凄怆不乐。高祖窃因左右问其故，以平生所好，皆屠贩少年，酤①酒卖饼，斗鸡蹴鞠②，以此为欢，今皆无此，故以不乐。高祖乃作新丰，移诸故人实之，太上皇乃悦。故新丰多无赖，无衣冠子弟故也。高祖少时，常祭枌榆③之社，及移新丰，亦还立焉。高帝既作新丰，并移旧社，衢④巷栋宇，物色惟旧。士女老幼，相携路首，各知其室。放犬羊鸡鸭于通涂，亦竞识其家。其匠人胡宽所营也。移者皆悦其似而德之，故竞加赏赠，月余，致累百金。

【注释】

① 酤（gū）：卖酒。

② 蹴鞠（cù jū）：也称蹋鞠，古代军队中一种习武游戏，也是盛行于民间的球类游戏。

③ 枌（fén）榆：本义是一种榆树，此处为乡名，即汉高祖的故乡。刘邦初起兵时，曾祈祷于丰邑

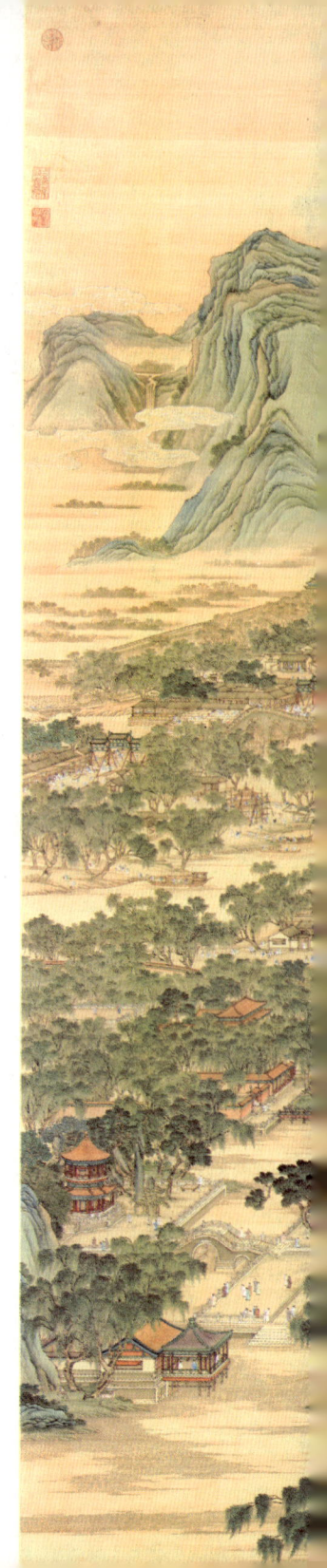

的枌榆之社。社，社神，土地神，亦指神庙。

④ 衢（qú）：大路，四通八达的道路。

【译文】

汉高祖刘邦的父亲迁居到长安后，居于深宫，自觉凄冷悲伤，心中不悦。汉高祖偷偷通过左右的侍从探清了原因。原来，太上皇这辈子最大的乐趣，就是看那些屠夫商贩，以及卖酒卖饼的年轻人斗鸡、踢球，如今这些全都看不到了，所以不高兴。于是汉高祖便命人修建了新的丰邑（新丰），将丰邑的老百姓迁来居住，太上皇也变得开心起来。新丰之所以有很多的无赖子弟，是因为没有士大夫及官绅子弟。汉高祖年轻时，曾祭祀枌榆的社神，等到迁移新丰时，社庙也还立于那里。

汉高祖建好新丰后，将往日的社庙也一块儿搬了过来，大街小巷和房屋，器物和景色，都一概照旧。男女老少，相伴来到路口，也都知道自己家在哪里。就算将犬、羊、鸡、鸭放在路上，也都认得出自己家。新丰是匠人吴宽负责修建的。看到新丰与丰邑如此相似，迁移到新丰的人都很欢喜，也很感激他，竞相赏赐、馈赠他。一个多月后，送来的东西已累计黄金百斤。

《院本新丰图》
（清）唐岱　收藏于中国台北故宫博物院

陵寝风帘

汉诸陵寝,皆以竹为帘,帘皆为水纹及龙凤之像。昭阳殿织珠为帘,风至则鸣,如珩珮①之声。

【注释】

① 珩珮(héng pèi):指各种不同的佩玉。珩,佩玉的一种,弧形,似磬而小。

【译文】

汉代许多皇帝的陵寝,都用竹子作帘,帘子上面全雕刻着水纹及龙凤图案。昭阳殿缀连珍珠作帘子,风一吹发出的声响,就像佩玉相碰的声音。

杨雄梦凤作《太玄》

杨雄①读书,有人语之曰:"无为自苦,《玄》故难传。"忽然不见。雄著《太玄经》②,梦吐凤凰,集《玄》之上,顷而灭。

【注释】

① 杨雄：一作扬雄，西汉学者、辞赋家，字子云，西汉蜀郡（今四川）人。少时好学，博览群书，多识广播，一生悉心著述。

② 《太玄经》：汉代杨雄所撰哲学著作，简称《太玄》，后为了避康熙帝玄烨的名讳，改名为《太元经》。

【译文】

杨雄正在看书，听到有人对他说："没必要自讨苦吃，《玄》原本就很难流传。"忽然就消失不见了。杨雄撰写《太玄经》，梦见自己口吐凤凰，而凤凰栖息在《太玄经》上，一会儿就消失了。

杨雄像
选自《至圣先贤半身像》册（明）佚名 收藏于中国台北故宫博物院

杨雄为汉代辞赋大家，写过多篇辞赋，如《解嘲》《逐贫赋》《酒箴》《反离骚》《广骚》《畔牢愁》等。他擅长模仿，曾多次仿司马相如和屈原的作品而再创作，散文《太玄》便是仿《易经》而来。

百日成赋

司马相如为《上林》《子虚》赋,意思萧散①,不复与外事相关,控引天地,错综古今,忽然如睡,焕然而兴,几百日而后成。其友人盛览,字长通,牂牁②名士,尝问以作赋。相如曰:"合綦组③以成文,列锦绣而为质,一经一纬,一宫一商。此赋之迹也。赋家之心,苞括宇宙,总览人物,斯乃得之于内,不可得而传。"览乃作《合组歌》《列锦赋》而退,终身不复敢言作赋之心矣。

【注释】

① 萧散:犹潇洒,这里指风格自然,不拘束。

② 牂牁(zāng kē):亦作"牂柯",汉代郡名,武帝元鼎六年(前111年)设置,辖今贵州大部、云南与广西接壤地区。

③ 綦(qí)组:杂色的丝带,这里指辞藻华丽。

【译文】

司马相如创作《上林赋》和《子虚赋》时,思想自由洒脱,与外在事物没有关系。他纵横于天地万物之间,铺陈叙述古往今来的人和事,时而神情迷离,似要昏昏欲睡,时而精神抖擞,起身继续写,将近一百天才写完。他有一个朋友,名叫盛览,字长通,是牂柯郡的有名之士。他曾经跟司马相如请教作赋的方法。司马相如对他说:"组合五彩丝带般的华丽辞藻呈现赋的文采,展现锦绣般的精思妙想作为赋的内容,一个纵向,一个横向,一个为宫音,一个为商音,相互配合,这就是作赋的技巧。作赋之人应该做到心中有万物,总揽世间的人和物,这需要用心来体会,只可意会,不能言传。"盛览便创作了《合组歌》《列锦赋》,而后离去,从此再也不敢聊作赋的想法了。

《上林羽猎图》卷(局部)
(元)佚名　收藏于中国台北故宫博物院

仲舒梦龙作《繁露》

董仲舒梦蛟龙①入怀,乃作《春秋繁露》②词。

【注释】

① 蛟(jiāo)龙:传说中的一种龙。

② 《春秋繁露》:西汉大儒董仲舒的著作,共十七卷,总计八十二篇。因各史书所载其篇数不一,故后世有人怀疑其内容并非全然出自董仲舒。

【译文】

董仲舒梦见蛟龙飞进自己的怀里,便写出了《春秋繁露》。

董仲舒像
选自《历代帝王圣贤名臣大儒遗像》册
(清)佚名 收藏于法国国家图书馆

他在《举贤良对策》里提出"天人感应""大一统",极力主张"罢黜百家,独尊儒术"思想。《汉书》评价其:董仲舒有王佐之材,虽伊、吕亡以加,管、晏之属,伯者之佐,殆不及也。

读千赋乃能作赋

或①问杨雄为赋,雄曰:"读千首赋,乃能为之。"

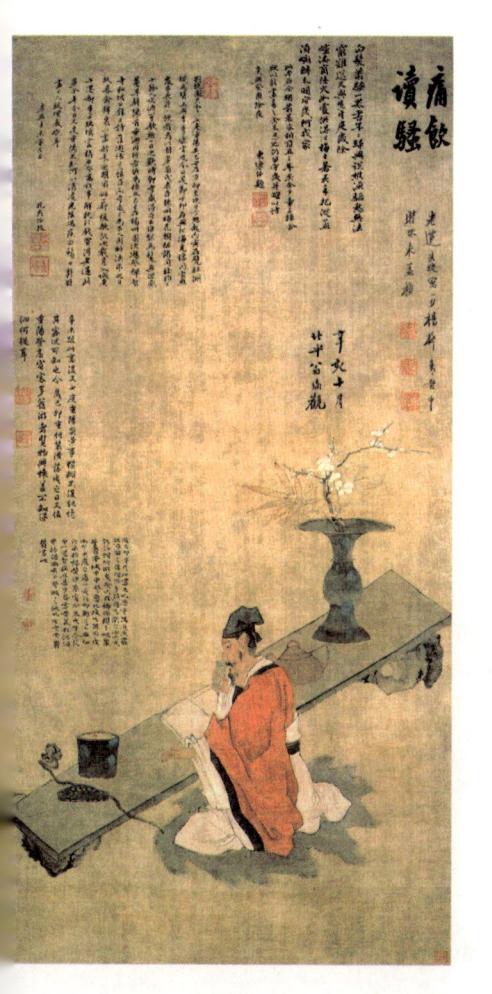

【注释】

① 或:有的人。

【译文】

有人问杨雄如何作赋,杨雄说:"读一千篇赋,就能作赋了。"

《饮酒读书图》轴
(明)陈洪绶 收藏于上海博物馆

闻《诗》解颐

匡衡①,字稚圭,勤学而无烛。邻舍有烛而不逮,衡乃穿壁引其光,以书映光而读之。邑人大姓,文不识,家富多书,衡乃与其佣作②,而不求偿。主人怪,问衡,衡曰:"愿得主人书遍读之。"主人感叹,资给以书,遂成大学。衡能说《诗》,时人为之语曰:"无说《诗》,匡鼎来。匡说《诗》,解人颐③。"鼎,衡小名也。时人畏服之如是,闻者皆解颐欢笑。衡邑人有言《诗》者,衡从之,与语质疑,邑人挫服,倒屣④而去。衡追之,曰:"先生留听,更理前论。"邑人曰:"穷矣。"遂去不返。

【注释】

① 匡衡:西汉时的经学家,字稚圭,以说《诗》闻名,经常援引经义议论政治上的得失。

② 佣作:受雇为别人工作。

③ 解人颐(yí):使人喜笑颜开。颐,面颊,腮。

④ 倒屣(xǐ):鞋子倒穿,形容人因慌乱鞋未穿好便走,通常用于形容主人热情迎客。屣,鞋。

【译文】

匡衡,字稚圭,他勤奋好学但没有蜡烛用。邻居家点着蜡烛，可是照不到他家，匡衡就在墙上打了一个小洞，将烛光引到自己房里，照着烛光来看书。同一个乡里有户大姓人家，不认识字，但家中富裕，有丰富的藏书。匡衡替他做事，但分文不取。此人觉得奇怪，就问匡衡缘由。匡衡说："我希望能借你家的藏书，通通看上一遍。"此人十分感慨，便把书借给匡衡读。于是，匡衡成了一个大学问家。匡衡擅长讲《诗经》，当时的人为他编了一段顺口溜："无说《诗》，匡鼎来。匡说《诗》，解人颐。""鼎"就是匡衡的小名。大家很敬佩他，听他讲《诗经》的人开颜欢笑。同一个乡里有个人也会讲《诗经》，匡衡跑去听他讲，同他一起讨论并提出质疑。对方说不过匡衡，对匡衡非常佩服，忙乱中反穿着鞋子就跑了。匡衡追了上去，说："先生请等等，听我说，咱俩接着讨论刚才那个问题吧。"对方说："我没什么可讲了。"于是走了就再没有回来。

匡衡凿壁偷光
选自《博古叶子》清刻本 （明）陈洪绶

惠庄叹息

长安有儒生曰惠庄,闻朱云折五鹿充宗之角,乃叹息曰:"茧栗犊①反能尔邪!吾终耻溺死沟中。"遂裹粮②从云。云与言,庄不能对,逡巡③而去,拊心④谓人曰:"吾口不能剧谈,此中多有。"

【注释】

① 茧栗犊:兽角初生时其形如茧如栗,"茧栗犊"即初生牛犊,通常用于比喻幼弱无能之人。

② 裹粮:意思是携带熟食做干粮,准备远行或出征。

③ 逡(qūn)巡:因有顾虑而迟疑,不敢前进。

④ 拊(fǔ)心:拍胸,常表示哀痛或悲愤。

【译文】

长安有个读书人叫惠庄,听说有个叫朱云的弄断了五鹿充宗的"角"(赢了辩论),便叹道:"初生的牛犊竟然可以做到这样的事吗?我终将耻于默默无闻。"于是,他携带干粮拜朱云为师。朱云和他谈论问题,惠庄难以应对,犹豫了好久才离去。他拍着心口告诉他人:"我的嘴虽不能侃侃而谈,但这里面的学问可是多着呢。"

经师易遇，人师难遇

选自《养正图》册 （清）冷枚 收藏于北京故宫博物院

拜师礼仪是一段师徒关系的开启，古人云："生我者父母也，教我者师傅。"中国自古就是礼仪之邦，十分重视拜师的礼仪，古代学者也都十分尊崇老师。

搔头用玉

武帝过^①李夫人,就取玉簪搔头^②。自此后,宫人搔头^③皆用玉,玉价倍贵焉。

【注释】

① 过:前往拜访,探望。

② 玉簪(zān):用玉石制作的簪子。搔(sāo):挠。

③ 搔头:这里指簪子。

【译文】

汉武帝前去看望李夫人,靠近她时取下了她的玉制簪子给自己搔头发。自此以后,宫女们都用玉石来制作簪子,玉石的价格也贵了一倍。

清代金累丝嵌珐琅花簪
收藏于中国台北故宫博物院

簪子的发展

簪子是一种固定妆发的首饰,男女皆适用。郑玄记载:"笄,今之簪。""簪"是由"笄"逐步发展而来的,先秦时期称"笄",两汉"簪"与"笄"同步使用,而隋唐以后,"簪"占据主要地位,"笄"逐步消失。《史记·滑稽列传》记载:"前有堕珥,后有遗簪。"

《仕女图》
(南唐)周文矩　收藏于中国台北故宫博物院

精弈棋裨圣教

杜陵杜夫子①善弈棋,为天下第一。人或讥其费日,夫子曰:"精其理者,足以大裨②圣教。"

【注释】

① 夫子:古代对男子的敬称。

② 裨(bì):增添,补助。

【译文】

　　杜陵县有个杜夫子,是个下围棋的高手,在当时天下第一。有人讥笑他下棋浪费光阴,杜夫子却说:"精通围棋的道理,对于增益圣人的教导是十分有益的。"

《弈棋仕女图》
(唐)佚名　收藏于新疆维吾尔自治区博物馆

弹棋代蹴鞠

成帝好蹴鞠,群臣以蹴鞠为劳体,非至尊①所宜。帝曰:"朕好之,可择似而不劳者奏之。"家君作弹棋②以献,帝大悦,赐青羔裘、紫丝履,服以朝觐。

【注释】

① 至尊:皇帝的代称。

② 弹棋:古时的一种棋类游戏,始于西汉末年,最初流行于宫廷。

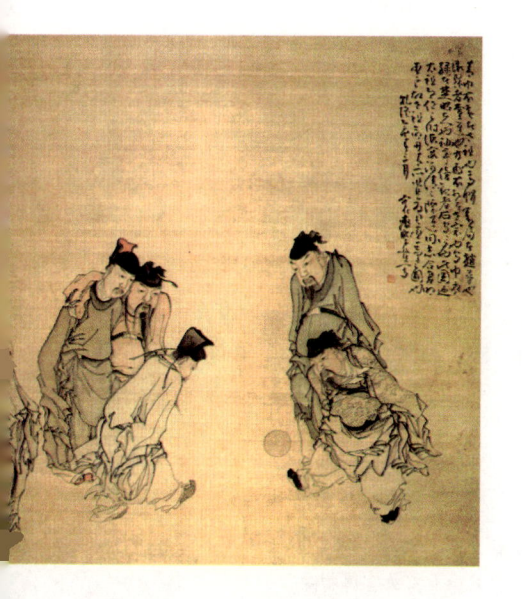

【译文】

汉成帝喜欢蹴鞠,臣子们觉得蹴鞠会损伤身体,不适合至尊之躯。汉成帝说:"我喜好这种游戏,可挑一些与这种游戏相似但不累的游戏给我玩。"我的父亲制作了一种叫弹棋的游戏进献给汉成帝,他非常高兴,赏给我父亲青羔皮衣、紫丝鞋子,让他穿着去朝见。

《蹴鞠图》
(清)黄慎　收藏于天津博物馆
宋太祖赵匡胤与赵匡义、赵普等蹴鞠的场面。

雪深五尺

元封①二年,大寒,雪深五尺,野鸟兽皆死,牛马皆蜷蹜如猬②,三辅③人民冻死者十有二三。

【注释】

① 元封:汉武帝时用的第六个年号,因上一年封禅泰山,故改年号。

② 蜷蹜(quán sù):蜷曲不伸的样子。

③ 三辅:一般是指西汉时治理长安京畿之地的三位官员(京兆尹、左冯翊、右扶风),也指他们管辖的地区(相当于现今陕西中部地区),这里在当时是西汉的核心区域。

【译文】

汉武帝元封二年(前109年),天气寒冷至极,雪有五尺深,野地里的动物都冻死了,牛和马全都蜷缩得像刺猬一样,三辅的人民,十个里面有两三个被冻死了。

《雪影渔人图》轴
(明)项圣谟　收藏于北京故宫博物院

四宝宫

武帝为七宝床、杂宝案①、厕宝屏风、列宝帐,设于桂宫②,时人谓之四宝宫。

【注释】

① 案(àn):同"案",几案,矮长桌。

② 桂宫:西汉宫殿名,是汉武帝为其后妃建造的宫城,建于武帝太初四年(前101年),故址在今陕西长安北。汉长安城内的宫殿有未央宫、桂宫、长乐宫、明光宫、北宫等。

【译文】

汉武帝制作了一张用七种宝物装饰的七宝床、一张用多种宝物装饰的案几、一架镶嵌各种宝物的屏风、一个列挂各种宝物的帷帐,摆在桂宫里,当时的人称桂宫为"四宝宫"。

床榻的发展

到了秦汉时期,春秋战国时期出现的榻逐渐代替席成为生活中的重要家具,人们宴饮、议事等皆在榻上进行。

《韩熙载夜宴图》(局部)
(南唐)顾闳中　收藏于北京故宫博物院

《明皇训子图》中的坐具
(宋)赵佶

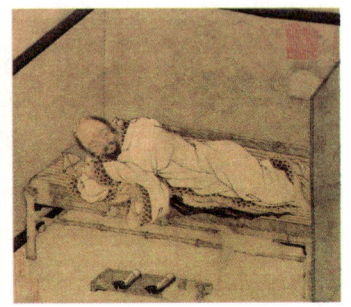

《竹榻憩睡图》
(元)佚名　收藏于美国纽约大都会艺术博物馆

河决龙蛇喷沫

瓠子河①决，有蛟龙从九子②，自决中逆上入河，喷沫流波数十里。

【注释】

① 瓠（hù）子河：黄河的一条支流，在今山东省鄄城县境内。这条河在历史上很有名，因为它曾是黄河的一个决口，造成过严重的水患。

② 九子：传说龙生了九个儿子，都不是龙的形状，性情喜好也大不相同，它们分别是蒲牢、囚牛、睚眦、嘲风、狻猊、霸下、狴犴、赑屃、螭吻。

【译文】

瓠子河出现决口，有蛟龙带着他的九个儿子，从决口中逆流而上，游进了瓠子河，它喷出的水沫和波浪延续了几十里。

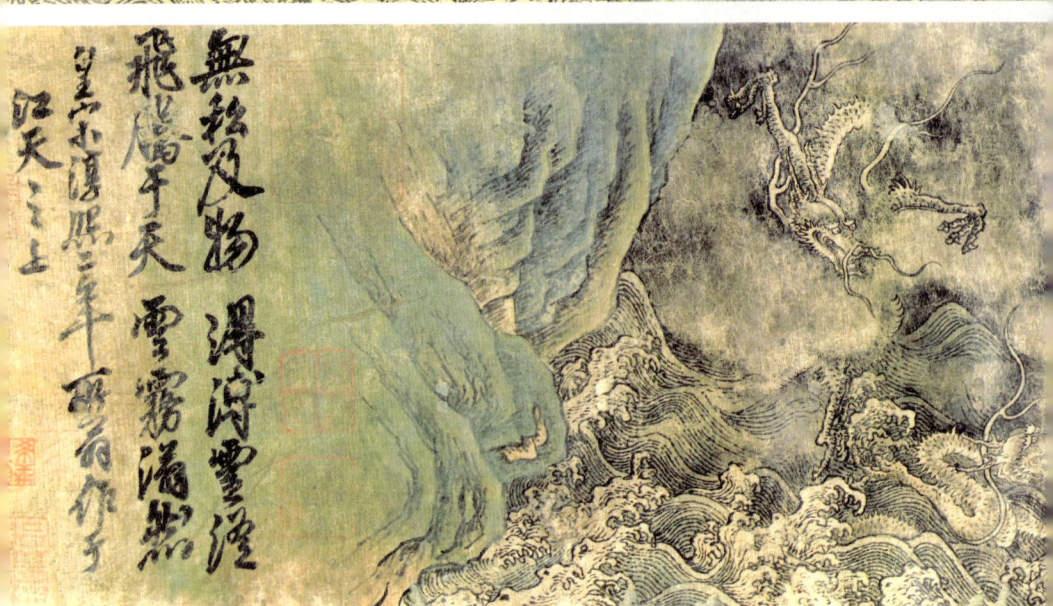

《神龙九现图》卷
（宋）陈容　收藏于美国弗利尔美术馆

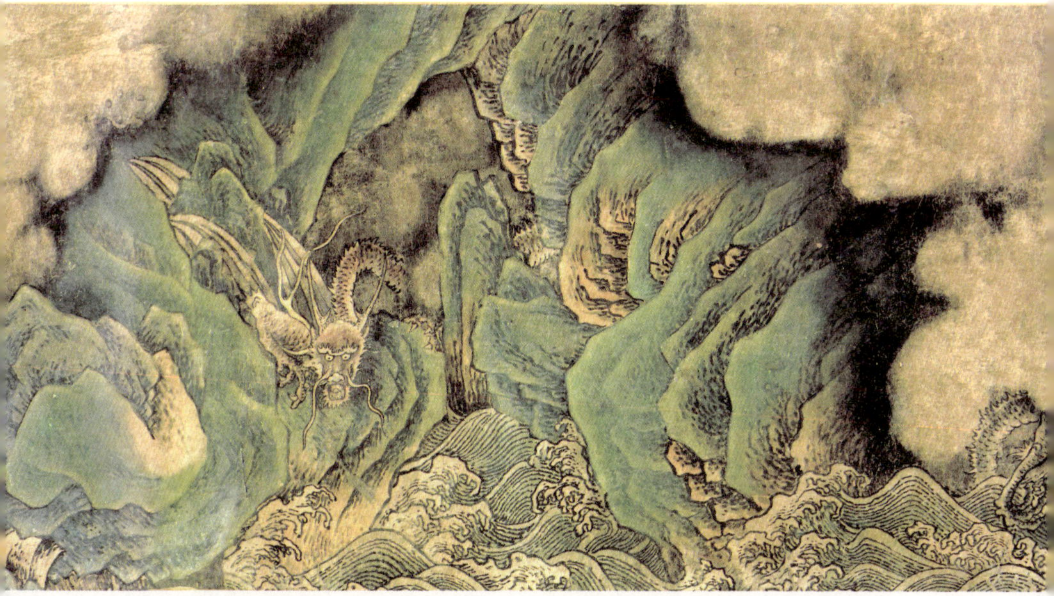

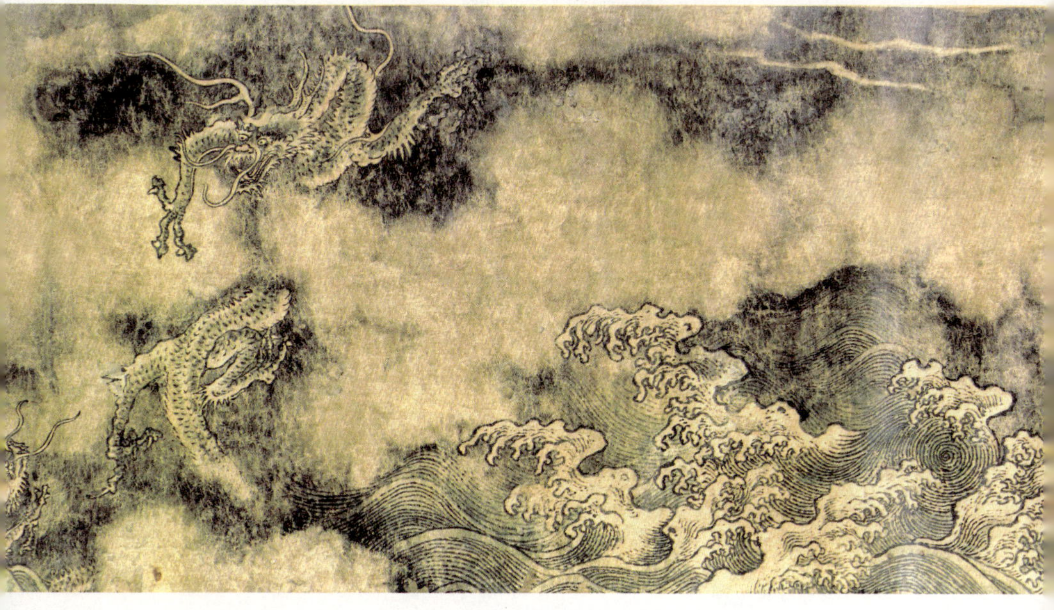

百日雨

文帝^①初,多雨,积霖^②至百日而止。

【注释】

① 文帝:即汉文帝刘恒,曾开创"文景之治"。刘邦第四子,刘邦与妃子薄姬之子。刘恒八岁被封为代王,做了十七年的代王,是有名的大孝子,他的母亲薄姬也以仁爱善良而为人称道。

② 积霖(lín):久雨。霖,久下不停的雨。

【译文】

汉文帝初年,经常下雨,有一次连日下雨,下了一百天才停。

(左上)露台惜费
选自《帝鉴图说》法文外销画绘本　(明)佚名　收藏于法国国家图书馆
汉文帝刘恒打算在皇宫内建造一座露台,但因造价过高而放弃。

(右上)遣辛谢相
选自《帝鉴图说》法文外销画绘本　(明)佚名　收藏于法国国家图书馆
汉文帝任申徒嘉为丞相。汉文帝有一个宠臣叫邓通,他仗着皇帝之宠而罔顾朝廷法纪,因此被丞相申徒嘉责罚,汉文帝知道后也做出了公平的裁决,并没有偏袒他。

(下)屈尊劳将
选自《帝鉴图说》法文外销画绘本　(明)佚名　收藏于法国国家图书馆
汉文帝慰劳周亚夫军队时,站岗的将士因没有将军口谕而不敢私自放皇帝进去。待进去后,皇帝的车队又不允许在军营里奔驰。皇帝见到周亚夫后,周亚夫以军礼相待,而未行君臣之礼,皇帝虽然很惊讶,但因周亚夫治军有方反而擢升了他。

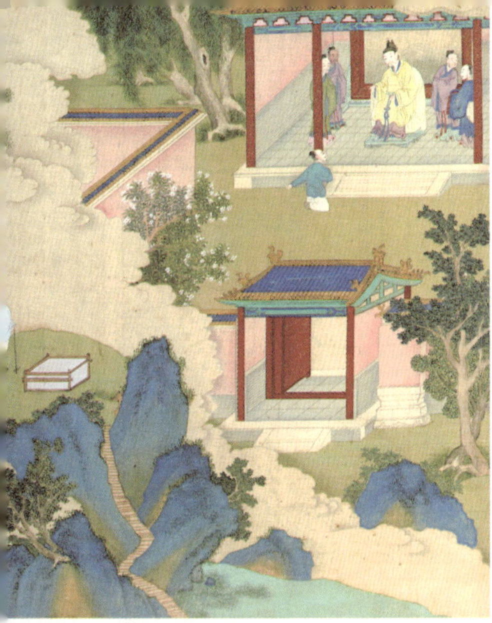
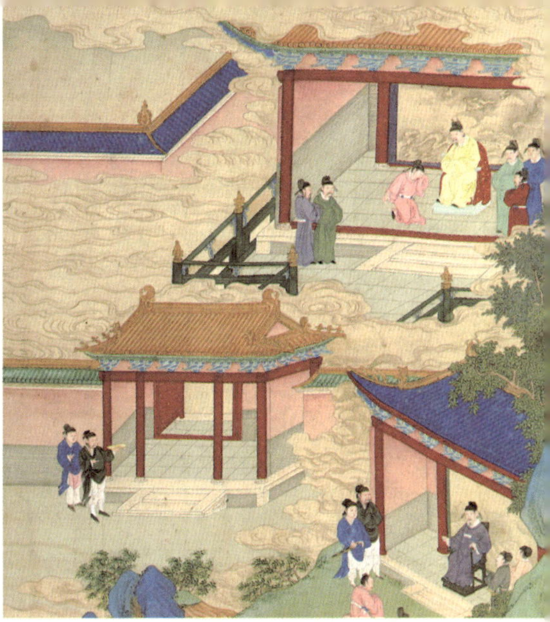
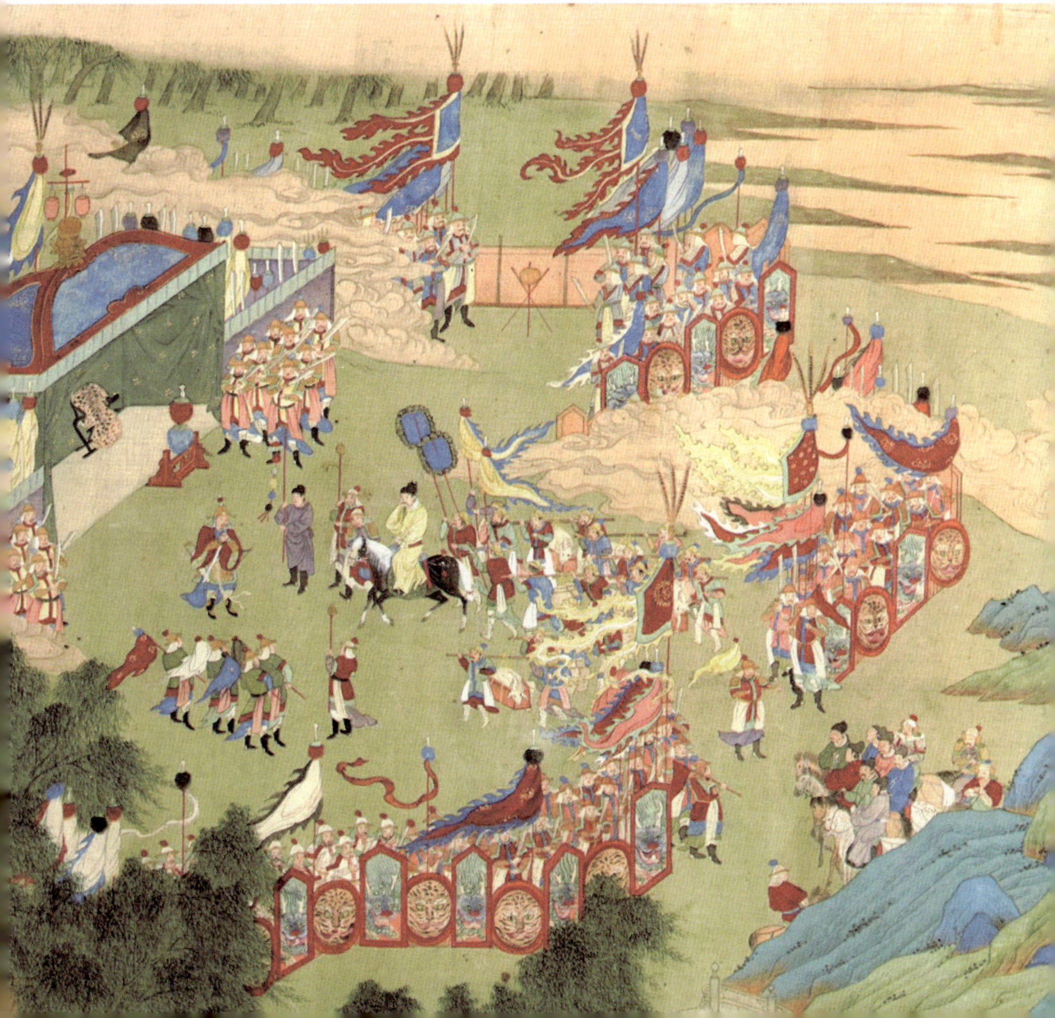

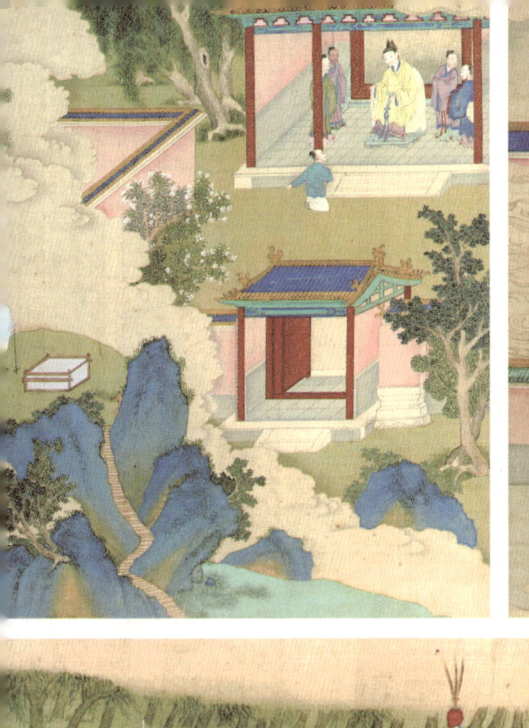

五日子欲不举

王凤①以五月五日生,其父欲不举,曰:"俗谚:'举五日子,长及户则自害,不则害其父母。'"其叔父曰:"昔田文以此日生,其父婴敕②其母曰:'勿举。'其母窃举之。后为孟尝君,号其母为薛公大家。以古事推之,非不祥也。"遂举之。

【注释】

① 王凤:汉元帝皇后王政君的哥哥,汉成帝的舅舅,曾做过大司马、大将军。

② 敕(chì):通常指皇帝的诏令。

【译文】

王凤因生于五月五日,父亲便不想抚养他,并说:"民间传言:'养五月五日生的孩童,等他长到房门那么高就会害了自己,不然就会害他的父母。'"王凤的叔父说:"当年田文因为出生在这一天,其父田婴就告诫孩子的母亲说:'别抚养这孩子!'田文的母亲私下把他养大了。后来,田文成了孟尝君,他尊称母亲'薛公大家'。根据这件旧事来推断,这没什么不吉利的。"于是,王凤又得到了抚养。

《宋徽宗坐像》轴

（宋）佚名　收藏于中国台北故宫博物院

五月初五是端午节，古人认为五月初五是恶月恶日，且毒气最浓重，因而这一天出生的人十分不祥。历史上这一天出生的名人有孟尝君和宋徽宗赵佶。

宋徽宗赵佶在政绩上虽无建树，但在书画方面天赋极大，喜爱作画，自创瘦金体。《宋史》记："自古人君玩物而丧志，纵欲而败度，鲜不亡者，徽宗甚焉，故特著以为戒。"

雷火燃木得蛟龙骨

惠帝①七年夏，雷震南山②。大木数千株，皆火燃至末。其下数十亩地，草皆燋黄。其后百许日，家人就其间得龙骨一具，鲛骨二具。

【注释】

① 惠帝：刘邦和吕后的嫡长子。惠帝少时，多遭劫难。楚汉战争期间，曾与母亲吕雉被俘于项羽军营。

② 南山：即终南山。

【译文】

汉惠帝七年（前188年）的一个夏天，天雷击中终南山。数千株大树，全被火烧到树梢。树下几十亩土地，花草都被熏烤得焦黄。过了一百来天，有一个奴仆在那里面拾得龙骨一副，蛟骨两副。

▶《双龙戏海图》
（宋）陈容　收藏于美国圣路易斯艺术博物馆
蛟与龙是有差异的。《述异记》中记载："虺五百年化为蛟，蛟千年化为龙。龙五百年为角龙，千年为应龙。"

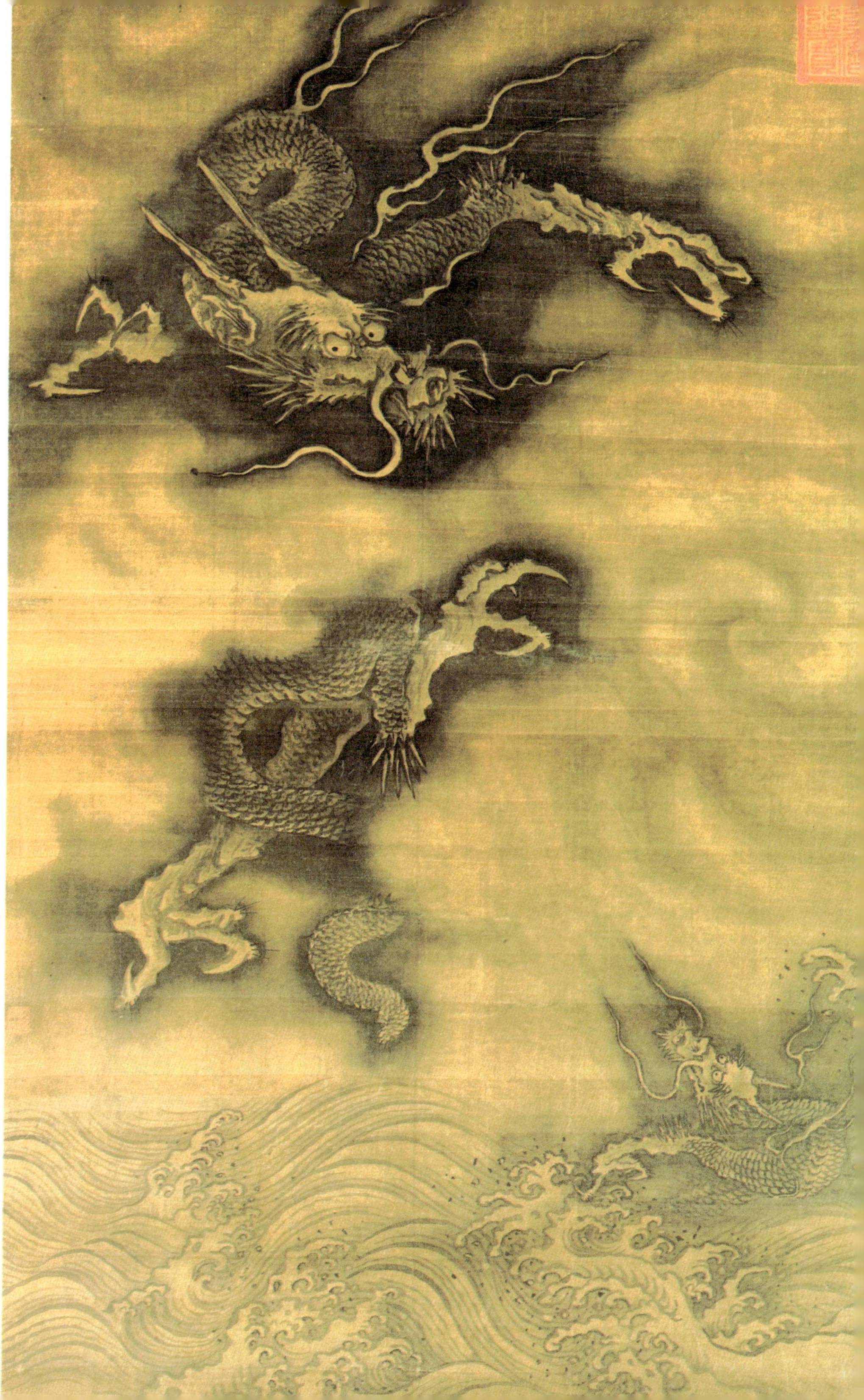

酒脯之应

高祖为泗水亭长,送徒骊山①,将与故人诀去。徒卒赠高祖酒二壶,鹿肚、牛肝各一。高祖与乐从者饮酒食肉而去。后即帝位,朝晡②,尚食常具此二炙,并酒二壶。

【注释】

① 骊(lí)山:又叫郦山、蓝田山,其山形似骊马,山色呈青色,因而得名。一说因古骊戎居此而得名。

② 朝晡(bū):朝时就是辰时,晡时就是申时,一般指一天中这两个时辰用餐的食物。

【译文】

汉高祖当泗水亭长的时候,送徒役前去骊山,在要跟老朋友们告别时。徒卒送给汉高祖两壶美酒,一份鹿肚和一份牛肝。汉高祖与愿意跟随自己的人喝酒吃肉之后离去。后来登上帝位,早晚两顿餐食中,也常备这两个肉菜,还有美酒两壶。

梁孝王宫囿

梁孝王①好营宫室苑囿之乐,作曜华②之宫,筑兔园。园中有百灵山,山有肤寸石、落猿岩、栖龙岫③。又有雁池,池间有鹤洲凫渚。其诸宫观相连,延亘数十里,奇果异树,瑰禽怪兽毕备。王日与宫人宾客弋④钓其中。

【注释】

① 梁孝王:即刘武,汉文帝的第二个儿子,生母为窦太后,汉景帝的亲弟弟。

② 曜(yào)华:宫室名,在梁国都城睢阳(今河南商丘南)城北。

③ 岫(xiù):山峰。

④ 弋(yì):用带有绳子的箭矢射猎。

【译文】

梁孝王喜好修建宫殿和苑囿,他营建曜华宫,又建造了兔园。兔园内有一座百灵山,山上面有肤寸石、落猿岩、栖龙岫。另有一个雁池,池里栖息着鹤、鸭沙洲和沙滩。兔园里诸多宫殿楼阁相连,绵延伸展几十里,奇异的果子和树木,珍稀禽鸟和奇异的野兽,无奇不有。梁孝王常和宫女、宾客一块在园子里射猎、钓鱼。

古代帝王多爱外出举行狩猎活动

狩猎是人类直立行走以来,最重要的活动之一,原始人类狩猎为了果腹,而随着农业、经济的发展,人类逐渐给狩猎活动赋予了其他意义,例如娱乐化、军事化活动。因而历代各位帝王多沿袭狩猎的传统。

《明宣宗射猎图》轴　（明）佚名　收藏于北京故宫博物院

▶《乾隆皇帝围猎聚餐图》轴　（清）郎世宁　收藏于北京故宫博物院

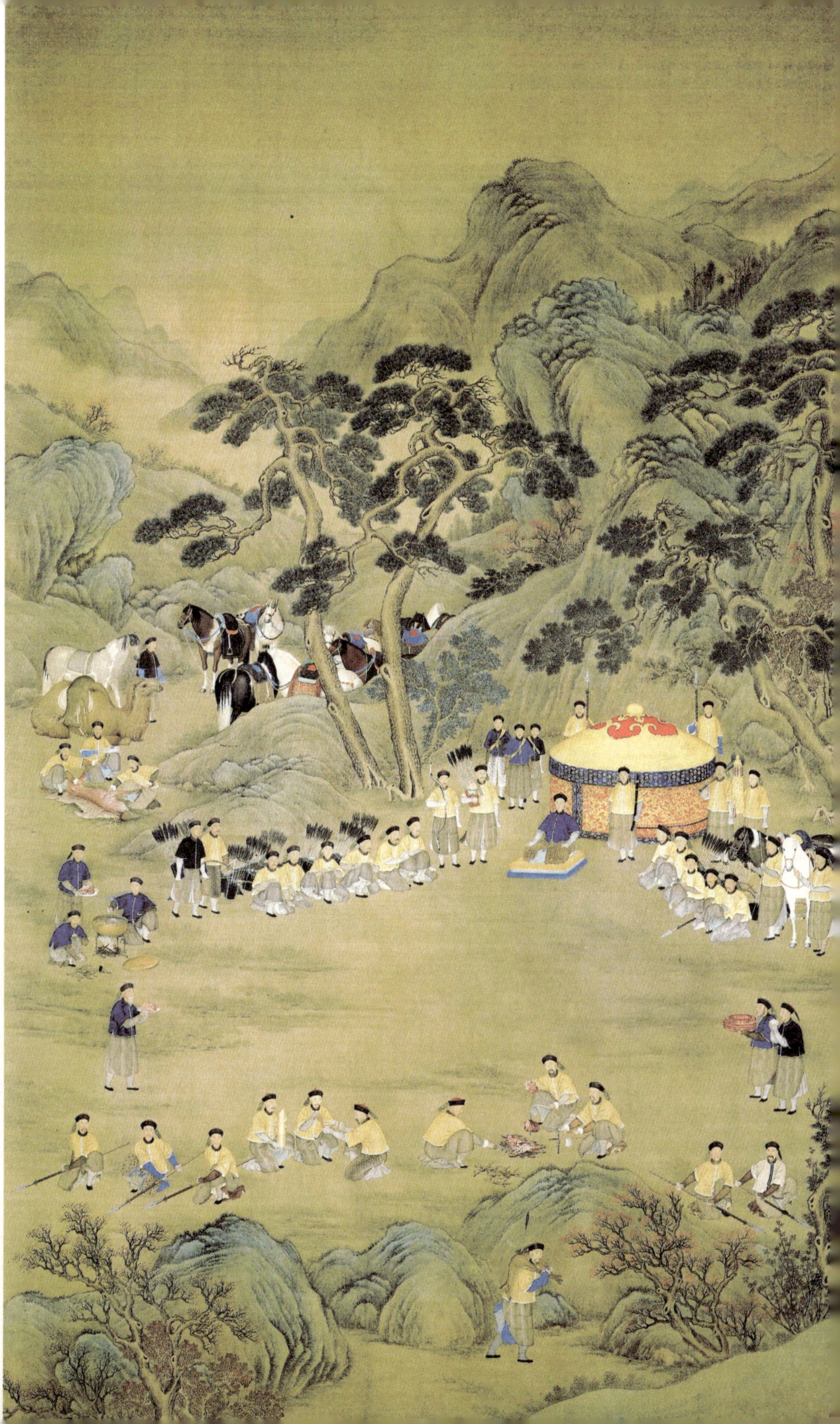

鲁恭王禽斗

鲁恭王①好斗鸡鸭及鹅雁,养孔雀、鸦䴉②,俸谷一年费二千石。

【注释】

① 鲁恭王:名刘余,汉景帝的儿子,起初被立为淮阳王,后被封为鲁王。

② 鸦䴉(jiāo jīng):水鸟名,即"池鹭"。

【译文】

　　鲁恭王喜好斗鸡、斗鸭、斗鹅、斗雁,他还养着孔雀、鸦䴉,一年饲用的谷物就要花费二千石。

《明皇斗鸡图》
(宋)李嵩　收藏于美国纳尔逊·阿特金斯艺术博物馆

流黄簟

会稽①岁时献竹簟供御,世号为流黄簟。

【注释】

① 会稽(kuài jī):西汉郡名,秦始置,汉初封诸侯国,此地属荆国,后改荆国为吴国,景帝时,除国复为郡,辖二十六县,治所在吴县(今江苏苏州)。

【译文】

会稽每年都会按时献上竹席,供皇帝使用,后世称这种竹席为"流黄簟"。

《会稽山图》卷(局部)
(明)佚名　收藏于美国纽约大都会艺术博物馆

买臣假归

朱买臣①为会稽太守,怀章绶②,还至舍亭,而国人未知也。所知钱勃,见其暴露,乃劳之曰:"得无罢乎?"遗与纨扇③。买臣至郡,引为上客,寻迁为掾史④。

【注释】

① 朱买臣:西汉中期政治人物,字翁子,西汉吴县(今江苏苏州)人。朱买臣家里穷,以卖柴为生,后赴长安上书,说《春秋》《楚辞》,得到汉武帝的赏识,做了中大夫,他还做过会稽太守、主爵都尉。

② 章绶:即印章和绶带,都是代表官员身份和等级的信物,汉太守银印青绶。

③ 纨(wán)扇:也称团扇、罗扇,用细绢制作而成。

④ 掾(yuàn)史:汉代职权较重的长官属吏分曹治事,通称"掾史"。

【译文】

朱买臣当了会稽太守后,怀揣着官印和绶带,回到客店的亭子里,郡里的人都还不知道。他的好友钱勃,见他露宿在屋外,便问他说:"该不会是累了吧?"还送给朱买臣一把绢织纨扇。朱买臣到了郡守的府邸,把钱勃请来尊为贵客,不久提拔他做了掾史。

团扇

团扇,不仅是古代女性的随身之物,也大受文人雅士喜爱,且常在扇面上题字绘画。《杖扇新录》记:"近世通用素绢,两面绷之,或泥金、瓷请、湖色,有月圆、腰圆、六角诸式,皆倩名人书画,柄用梅烙、湘妃、棕竹,亦有洋漆、象牙之类。名为'团扇'。"

《山水图》团扇扇面
(元)佚名

《五言联》团扇扇面
(宋)赵惇　收藏于美国纽约大都会艺术博物馆

《小鸟图》团扇扇面
(元)钱选

《坐看云起图》扇面
(宋)马麟　收藏于美国克利夫兰艺术博物馆

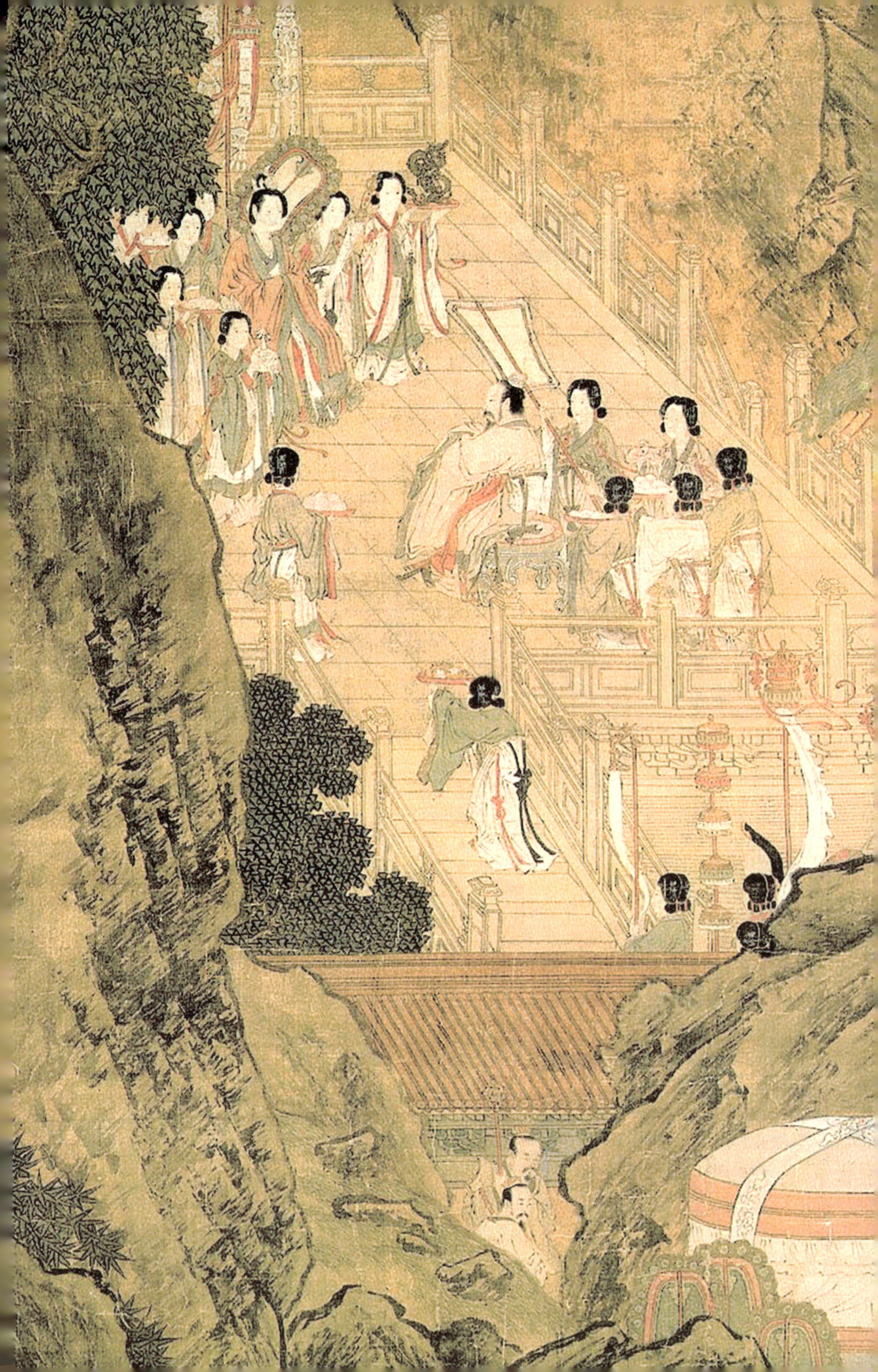

卷 三

  本卷主要记载了西汉的一些奇异故事，如"黄公幻术""淮南王与方士俱去"等。这些故事生动有趣，展现了古代人民丰富的想象力和对神秘事物的探究。其中有两则讲墓葬之事的故事值得注意，即"俭葬反奢"和"生作葬文"。

  "俭葬反奢"讲了一个叫杨贵的人厚生薄死，嘱咐家人等他死后将他裸葬终南山。可是，终南山土层很薄，深掘七尺需要大费苦力凿石，结果出现了"俭葬反奢"的结果。这虽然明显违背了杨贵的初衷，但是他主张俭葬的观点，以及对待死亡的豁达仍值得赞赏。

  "生作葬文"讲的是西汉名臣杜邺临终前留下一篇自传墓志铭，表达了他对功业未成身先死的感伤情怀，以及对待死亡的洒脱态度，侧面展现了中国古代的哲学思想和文化内涵。

黄公幻术

　　余所知有鞠道龙，善为幻术，向余说古时事：有东海人黄公，少时为术，能制蛇御虎。佩赤金刀，以绛缯①束发，立兴云雾，坐成山河。及衰老，气力羸惫②，饮酒过度，不能复行其术。秦末，有白虎见于东海，黄公乃以赤刀往厌③之。术既不行，遂为虎所杀。三辅人俗用以为戏，汉帝亦取以为角抵④之戏焉。

【注释】

① 绛缯（jiàng zēng）：红色缯帛。绛，深红色。缯，古代丝织品的总称。

② 羸惫（léi bèi）：衰弱疲惫。

③ 厌（yā）：同"压"，镇压。

④ 角抵：亦作"觳抵""角觚"，秦汉时某些技艺表演的统称。

【译文】

　　我知道有个名叫鞠道龙的人，善于施幻化之术。他跟我说过古时发生的一件事：东海郡有个人名叫黄公，他年少时懂法术，能制服大蛇，还打得过猛虎。他带铜制大刀，用深红的丝带将头发束起来，站着能兴云布雾，坐着能幻化山河。等到他身体衰老，气力羸弱，再加上喝了太多酒，就不能再施展他的法术了。秦朝末年,有一只白虎出现在东海郡,黄公便带着铜刀想去制服它。可是他的法术已经无法施展了,于是就被老虎反杀了。三辅的人常把这个故事编成戏剧进行表演,汉朝皇帝们也将它作为角抵戏的素材。

《伥童傀儡图》
(宋)苏汉臣　收藏于日本东京国立博物馆
"傀儡戏"即为木偶戏。

淮南王与方士俱去

又说：淮南王①好方士，方士皆以术见，遂有画地成江河，撮②土为山岩，嘘吸为寒暑，喷嗽为雨雾。王亦卒与诸方士俱去。

【注释】

① 淮南王：这里指刘安，淮南王刘长的儿子，汉高祖刘邦的孙子，汉文帝之侄，汉武帝叔父。

② 撮（cuō）：聚拢，聚合。

【译文】

　　（鞠道龙）又说，淮南王喜爱方术之士，这些方士都要凭借自己的法术去求见。于是，有些方士在地上一比划就幻化出江河，有些方士把土堆一下就幻化成山峰岩石，有些方士一呼一吸就会寒来暑往，有些方士打个喷嚏或咳嗽一声，就雨至雾起。淮南王最终也与这些方士一起走了。

《老子授经图》卷　　（元）盛懋作/绘　　（元）吴叡/书　　收藏于北京故宫博物院

《轩辕问道图》卷　　（明）石锐　　收藏于中国台北故宫博物院
轩辕指的是黄帝，此画讲了黄帝上山拜访一位叫广成子的神仙的故事。

杨子云裨补《𫐉轩》所载

杨子云①好事,常怀铅提椠②,从诸计吏,访殊方绝域四方之语,以为裨补《𫐉轩③》所载。亦洪意也。

【注释】

① 杨子云:即杨雄。

② 怀铅提椠(qiàn):怀里揣着铅粉笔,手里提着木简。铅,用于书写的铅粉笔。椠,用于记录文字的木简。

③ 𫐉轩:轻车,常为古代使臣所乘坐,后因称使臣为"𫐉轩"或"𫐉轩使"。这里是《𫐉轩使者绝代语释别国方言》的简称。

【译文】

杨雄喜欢给自己找事做。他常常怀揣铅粉笔,提着木简,跟在进京呈报户口赋税等簿籍的各地官吏身旁,向他们询问他乡异域的各种方言,以此来增补《𫐉轩使者绝代语释别国方言》一书的记载。这也是葛洪的意思。

邓通钱文侔天子

文帝时,邓通①得赐蜀铜山,听得铸钱。文字肉好,皆与天子钱同,故富侔②人主。时吴王亦有铜山铸钱,故有吴钱,微重,文字肉好,与汉钱不异。

【注释】

① 邓通:汉文帝宠臣,受文帝赏赐无数,得赐蜀郡严道铜山,获特许铸造钱币,所以邓氏钱遍布天下。后世的人常借用他的名字比喻富有。汉景帝即位后,免去了他的官职,不久他被人告发私出境外铸钱,最后穷困而死。

② 侔(móu):相等,等同。

【译文】

汉文帝时,邓通被赐予蜀郡的铜山,获准铸造钱币。他铸造的钱币文字和质量都很好,与天子钱相同,因此他的富有与天子相当。当时,吴王也拥有铜山,可以铸造钱币,因此有了吴钱。吴钱略重一些,但文字和质量与汉钱一样。

邓通像
选自《博古叶子》清刻本 (明)陈洪绶

司马迁在《史记》中评论其:"通亦愿谨,不好外交。然邓通无他能,不能有所荐士,独自谨其身以媚上而已。"

俭葬反奢

杨贵①，字王孙，京兆②人也。生时厚自奉养，死卒裸葬③于终南山。其子孙掘土凿石，深七尺而下尸，上复盖之以石，欲俭而反奢也。

【注释】

① 杨贵：生活在汉武帝时期，爱好黄老之术，家业千金，尊崇道家清静无为、返本归真的思想，临终时叮嘱家人薄葬。

② 京兆：汉代行政区划名，为"三辅"之一，即现陕西西安市以东至华县之地，故后称京都为京兆。

③ 裸葬：古代的一种葬法，不给死者准备衣衾和棺椁。

【译文】

杨贵，字王孙，是京兆人氏。他活着时，生活富裕，死后裸葬于终南山。他的后人掘土凿石，挖到七尺深，把他的遗体放下去，上面再盖上石块，本想节俭却反而奢侈了。

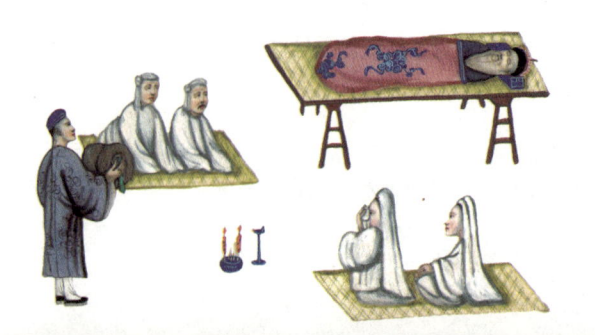

办丧事
选自《清朝百态图》清绘本
（清）佚名

介子弃觚

傅介子①年十四,好学书,尝弃觚②而叹曰:"大丈夫当立功绝域,何能坐事散儒!"后卒斩匈奴使者,还拜中郎。复斩楼兰王首,封义阳侯。

【注释】

① 傅介子:西汉时期著名的外交家,他曾在汉昭帝时出使西域,负责与楼兰和龟兹进行外交谈判,并成功地完成了任务,还在宴席上刺杀了楼兰王安归,为汉朝赢得了声誉。他因此被任命为平乐监,并以功封为义阳侯。

② 觚(gū):古代用来书写的木简。

【译文】

傅介子十四岁时,喜欢学习书写。他曾丢弃练字的木简,感叹道:"大丈夫就该在边疆建功立业,怎能待在这里当个散漫的读书人呢!"后来,他杀掉了匈奴的使者,回来后被授予中郎之职;他又斩下楼兰王的头,被封为义阳侯。

西域景象

选自《甘肃镇战守图略》明绘本　（明）佚名　收藏于中国台北故宫博物院

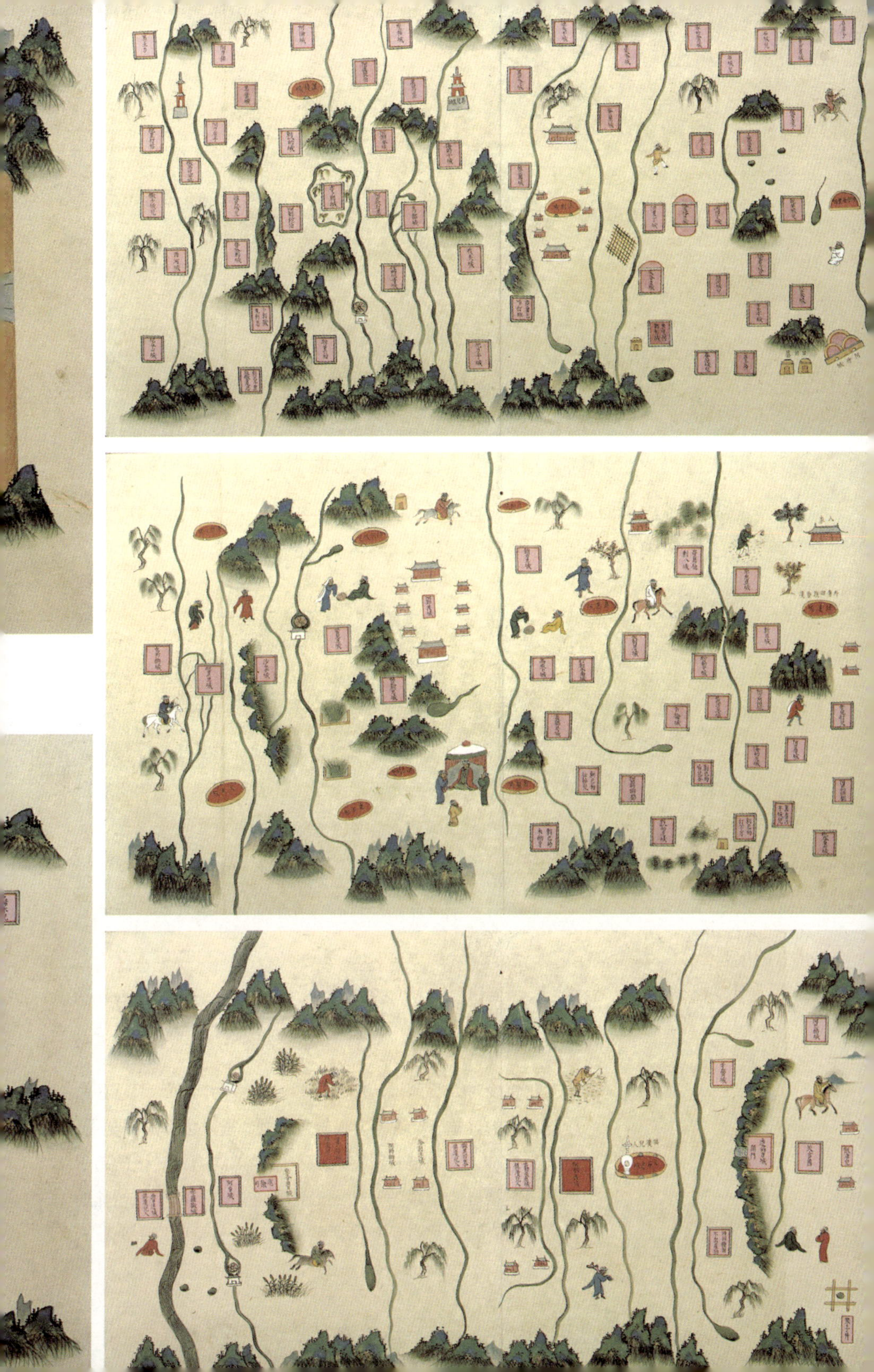

曹敞收葬吴章

余少时,闻平陵曹敞①在吴章门下,往往好斥人过,或以为轻薄,世人皆以为然。章后为王莽②所杀,人无有敢收葬者,弟子皆更易姓名,以从他师。敞时为司徒掾,独称吴章弟子,收葬其尸,方知亮直者不见容于冗辈中矣。平陵人生为立碑于吴章墓侧,在龙首山南幕岭上。

【注释】

① 曹敞:人名,生平不详,疑为"云敞"。

② 王莽:新王朝开国皇帝,汉元帝皇后的侄子,字巨君,魏郡元城(今河北大名东)人。在位期间,他大力推行向周朝看齐的复古改革,但这些改革措施引发了社会动荡,加上黄河改道等天灾,导致各地豪强纷纷起义,民变不断发生。最终,新朝仅存十四年就被推翻,王莽也被叛军所杀。

【译文】

我年少时,听闻平陵的曹敞投在吴章的门下,因总喜欢斥责他人的过错,被认为为人轻浮浅薄,世人也都这样觉得。后来吴章被王莽杀害,没有人敢去收葬他的遗体。他的弟子全都改名换姓,去跟随其他的老师了。当时曹敞担任司徒的属官,只有他声称自己是吴章的弟子,给吴章收尸下葬。人们这才明白，忠诚耿直的人总是为平庸之人所容。平陵人在曹敞还活着时，就为他在吴章墓旁竖起了一块碑，就在龙首山南边的幕岭上。

王莽像
佚名

霍韬在《与夏公谨书》记载：王莽之学，一传而得宇文泰，再传而得王安石。然而安石惟能行泉府一法而已矣。盖泉府之政，即桑弘羊均输之政也。安石行焉，遂致元丰熙宁棼棼如也，犹不如宇文泰焉。宇文泰为大蒙宰，尽行《周官》之法，其嗣遂为周天王，然犹不如王莽。法行《周官》，身为宰衡，遂上兼舜禹而宅帝位。故曰：敢用《周礼》王莽其上也，宇文泰其次也，王安石其下也。

王莽新币

新政期间"小泉直一"代替"五铢"钱；新铸"壮泉四十""中泉三十""幼泉二十""么泉一十"等。王莽共进行了四次改革，但货币制度仍不合理，使得社会矛盾更加尖锐。

文帝思贤苑

文帝为太子立思贤苑,以招宾客。苑中有堂隍①六所。客馆皆广庑②高轩,屏风帏褥③甚丽。

【注释】

① 堂隍(huáng):即堂皇,带前庭的堂屋,指宽阔的殿堂。

② 庑(wǔ):堂下周围的走廊、廊屋。

③ 帏褥:帷帐和被褥。

【译文】

汉文帝为太子建了思贤苑,用来招纳门客。思贤苑里有六处宽大的殿堂。门客们居住的馆舍都有大屋高廊,里面的屏风、帷帐、被褥都极为华丽。.

广陵死力

广陵王①胥有勇力,常于别囿学格熊②。后遂能空手搏之,莫不绝脰③。后为兽所伤,陷脑而死。

【注释】

① 广陵王:即刘胥,西汉武帝刘彻第四子,他的母亲是李姬。汉武帝元狩六年(前117年),刘胥被封为广陵王。据《汉书·武五子传》,刘胥体健力大,能徒手与猛兽搏斗。

② 别囿:即别苑,专供帝王游猎的园林。格:击,打。

③ 脰(dòu):脖子,颈。

【译文】

广陵王刘胥勇猛有力,常在别苑里练习与熊格斗。后来才能徒手跟熊搏斗,且每次都能把熊的颈项打断。后来他被猛兽所伤,因头部被咬破而死掉了。

《冯媛挡熊图》
(明)丁云鹏 收藏于北京故宫博物院

冯媛,汉元帝的妃嫔,汉平帝的祖母。《资治通鉴·汉纪》记载:上幸虎圈斗兽,后宫皆坐。熊逸出圈,攀槛欲上殿,左右、贵人、傅婕妤等皆惊走。冯婕妤直前,当熊而立。左右格杀熊。上问:"人情惊惧,何故前当熊?"婕妤对曰:"猛兽得人止,妾恐熊至御坐,故以身当之。"帝嗟叹,倍敬重焉。傅婕妤惭,由是与冯婕妤有隙。

辨《尔雅》

郭威①,字文伟,茂陵人也。好读书,以谓《尔雅》周公所制,而《尔雅》有"张仲孝友",张仲,宣王时人,非周公之制明矣。余尝以问杨子云,子云曰:"孔子门徒游、夏之俦所记,以解释六艺②者也。"家君以为:"《外戚传》称'史佚教其子以《尔雅》③',《尔雅》,小学也。"又《记》言:"孔子教鲁哀公学《尔雅》。"《尔雅》之出远矣。旧传学者皆云周公所记也,"张仲孝友"之类,后人所足耳。

【注释】

① 郭威:人名,生平不详。

② 六艺:一般指《诗》《书》《礼》《易》《春秋》《乐》。

③ 《尔雅》:中国最早的训解词义专著,也是最早的名物百科词典,它旨在通过雅正之言来解释古语词和方言词,使它们符合规范。

【译文】

郭威,字文伟,茂陵人氏。他喜欢读书,认为《尔雅》是周公所作,可《尔雅》里有关于"张仲孝友"的内容,而张仲是周宣王时的人,因此《尔雅》明显不是周公所写。我曾问过杨雄这件事,杨雄说:"《尔雅》是孔子的弟子子游、子夏等人记录下来，用来解释六艺的。"我父亲认为，《外戚传》里记载，史佚教他儿子学习《尔雅》，可见《尔雅》是小学。又有《大戴礼记》说，孔子教鲁哀公学习《尔雅》。由此可见，《尔雅》这本书出现得很早。以前学习这本书的人都说它是周公所作，"张仲孝友"之类的内容是后世的人加上的。

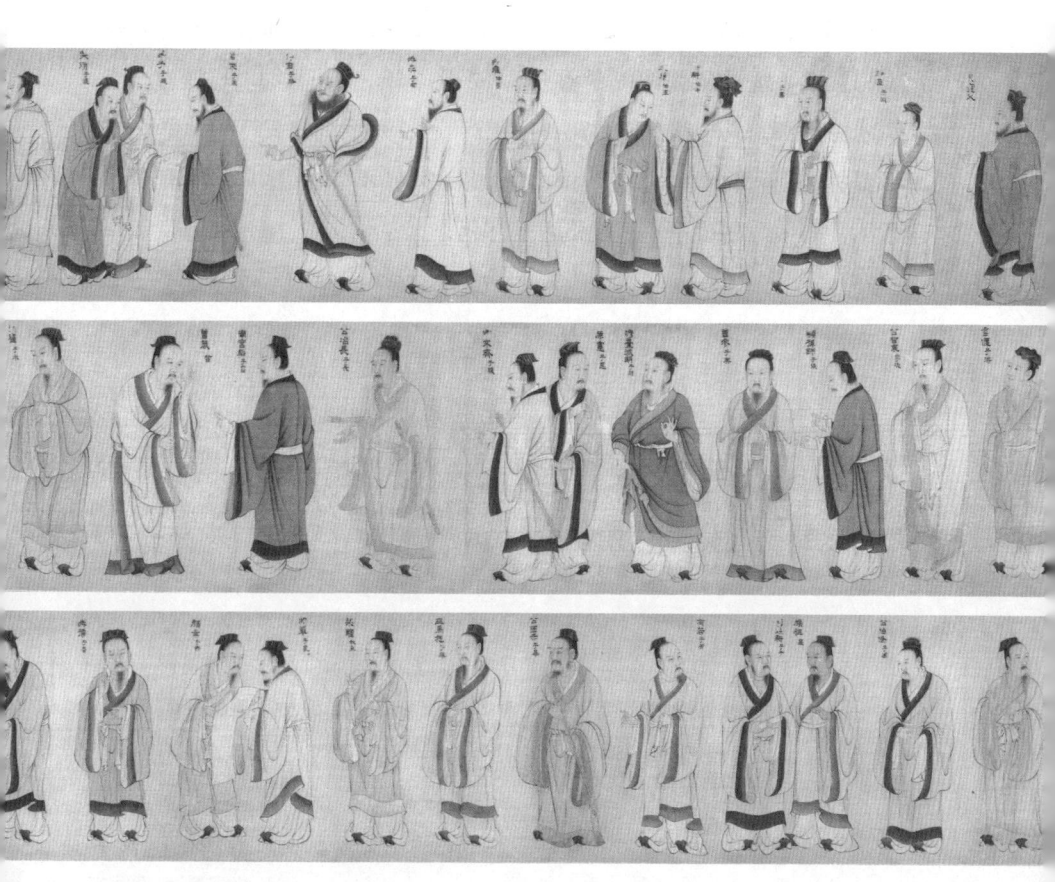

《孔子弟子像》卷
（宋）佚名　收藏于北京故宫博物院

袁广汉园林之侈

茂陵富人袁广汉,藏镪①巨万,家僮②八九百人。于北邙山③下筑园,东西四里,南北五里,激流水注其内。构石为山,高十余丈,连延数里。养白鹦鹉、紫鸳鸯、氂牛④、青兕⑤,奇兽怪禽,委积其间。积沙为洲屿,激水为波潮,其中致江鸥海鹤,孕雏产㲉⑥,延漫林池。奇树异草,靡⑦不具植,屋皆徘徊连属,重阁修廊,行之,移晷⑧不能遍也。广汉后有罪诛,没入为官园,鸟兽草木,皆移植上林苑中。

【注释】

① 镪(qiǎng):一般指成串的钱。

② 家僮(tóng):一般指旧时未成年的家仆。

③ 北邙(máng)山:即北芒岩,又称北邙坂,在今陕西咸阳北至兴平一带。

④ 氂(lí)牛:即牦牛。

⑤ 兕(sì):形如犀牛的兽类,它的皮很厚,可以用来制作铠甲。

⑥ 㲉(kòu):初生的小鸟。

⑦ 靡:无,没有。

⑧ 移晷(guǐ):日影随着时间在流动,指时间长久。

【译文】

　　茂陵县有个富人叫袁广汉,他家财丰厚,光奴仆就有八九百人。他在北邙山下,营造了一座园林,东西长四里,南北长五里,堵住流水让它注入园内。园内堆石为山,高十多丈,连绵好几里。园内还饲养了白鹦鹉、紫鸳鸯、牦牛、黑色的雌犀牛等,各种珍禽异兽在园里聚集。他又在水中堆聚沙土建成沙洲和岛屿,水流激起波浪,招来了江鸥和海鹤,它们孵卵生出的小鸟,遍布林间水塘。各种奇特的草木,无一不种植在那里。房屋都相互连接着,重阁长廊,走起来一天都走不完。后来袁广汉因有罪被杀,他的园林被没收成为官家园林,里面鸟兽草木,都被移到上林苑去了。

《园林清课图》
(明)仇英　收藏于中国台北故宫博物院

五柞宫石骐驎

五柞宫①有五柞树,皆连抱,上枝荫覆数亩。其宫西有青梧观,观前有三梧桐树。树下有石骐驎②二枚,刊其胁为文字,是秦始皇骊山墓上物也。头高一丈三尺。东边者前左脚折,折处有赤如血。父老谓其有神,皆含血属筋焉。

【注释】

① 五柞(zhà)宫:西汉的一座离宫,故址在今陕西省周至附近。

② 骐驎(qí lín):即麒麟。

【译文】

五柞宫里有五棵粗壮的柞树,需要两个人合抱才能围住,树上的枝叶可以为几十亩地遮荫。宫殿的西边有一个青梧观,观前有三棵梧桐树。树下有两个石头雕成的麒麟,两边肋骨上刻着文字。它们是从秦始皇在骊山修建的陵墓上取来的。麒麟的头都有一丈三尺高。东边那个麒麟的左前脚断了,断口处有红色的像血一样的东西,当地老百姓说它们是神灵,都含着血液,连着筋络。

秦始皇像

佚名

嬴政，秦庄襄王之子，他统一六国，建立了我国首个多民族的国家，并以"皇帝"自称，称为"始皇帝"，死后葬于骊山墓。

秦始皇遣使求仙
选自《帝鉴图说》法文外销画绘本 （明）佚名 收藏于法国国家图书馆

咸阳宫异物

高祖初入咸阳宫,周行库府,金玉珍宝,不可称言。其尤惊异者,有青玉五枝灯,高七尺五寸,下作蟠螭①,以口衔灯,灯燃,鳞甲皆动,焕炳若列星而盈室焉。复铸铜人十二枚,坐皆高三尺,列在一筵上,琴筑笙竽,各有所执,皆缀花采,俨若生人。筵②下有二铜管,上口高数尺,出筵后,其一管空,一管内有绳,大如指,使一人吹空管,一人纽绳,则众乐皆作,与真乐不异焉。有琴长六尺,安十三弦,二十六徽,皆用七宝饰之,铭曰"璠玙之乐"。玉管长二尺三寸,二十六孔,吹之则见车马山林,隐辚③相次,吹息,亦不复见,铭曰"昭华之琯④"。有方镜,广四尺,高五尺九寸,表里有明,人直来照之,影则倒见。以手扪心而来,则见肠胃五脏,历然无碍。人有疾病在内,则掩心而照之,则知病之所在。又女子有邪心,则胆张心动。秦始皇常以照宫人,胆张心动者则杀之。高祖悉封闭以待项羽,羽并将以东,后不知所在。

【注释】

① 蟠螭(pán chī):龙属的蛇状神怪之物,其图案常被用来做器物的装饰。

② 筵(yán):竹席。

③ 隐辚(lín):形容车马杂沓。

④ 琯(guǎn):古代的一种玉制管乐器,形如笛子。

【译文】

　　刘邦第一次进咸阳宫时，在宫中的库房里走了一圈，发现里面的金银珠宝，难以用语言来形容。其中最让他感到惊异的是青玉五枝灯，它有七尺五寸高，下面雕刻着盘曲的龙蛇，龙嘴衔着灯。当灯点燃时，龙的鳞甲都会动起来，如星星般闪烁，能照亮整个房间。还铸有十二个铜人，坐在一张筵席四周，每个高三尺。他们手持琴、筑、笙、竽等乐器，穿着华丽的服饰，神情庄重，看起来就像真人一样。筵席下面有两根铜管，一根空心的管子上端高出数尺，从筵席后面延伸出来；另一根管子内部有一根绳子，粗如手指。当一个人吹空心管子时，另一个人就拉绳子，此时各种乐器都会奏响，像是在用真的乐器演奏一样。还有一把长六尺的琴，上面安了十三根弦和二十六个琴徽，全都用多种宝物装饰，琴上铭刻着"璠玙之乐"。还有一支玉管，有二尺三寸长，二十六个孔。吹奏时，仿佛能看到车马穿过山林，听到车马前后相接驶过时隐隐约约的声音，停止吹奏后，就再也看不见了，玉管上刻着"昭华之琯"。还有一个方形的镜子，宽四尺，高五尺九寸，镜面内外都能反射光线。人对着镜子照时，能看到自己倒立的影像；如果用手摸着心口来照，则能看到肠胃和五脏，清晰且毫无遮挡。如果一个人体内有疾病，捂着心口并对准镜子，就能知道疾病所在位置。还有，如果女子有邪念，照了这个镜子，就会胆张心动。秦始皇常用这面镜子来检查宫女是否有邪念，如果女子胆张心动，则会被杀死。刘邦将这些宝物全部封存等待项羽到来，项羽带着这些宝物东归而去，后来就不知道流落哪里了。

《歌乐图》卷 （宋）佚名 收藏于上海博物馆

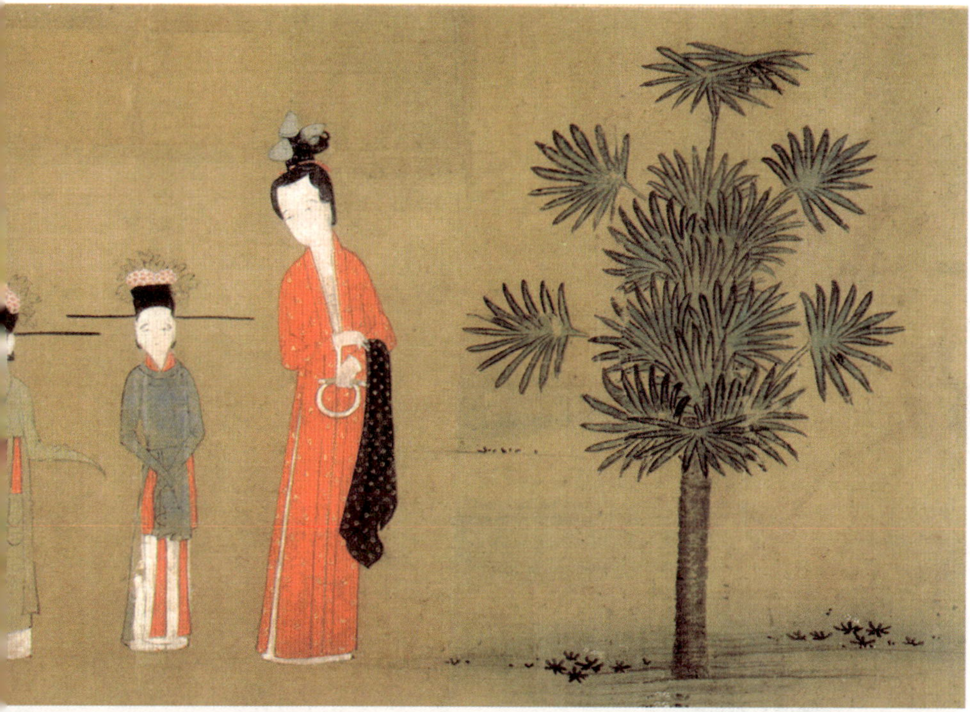

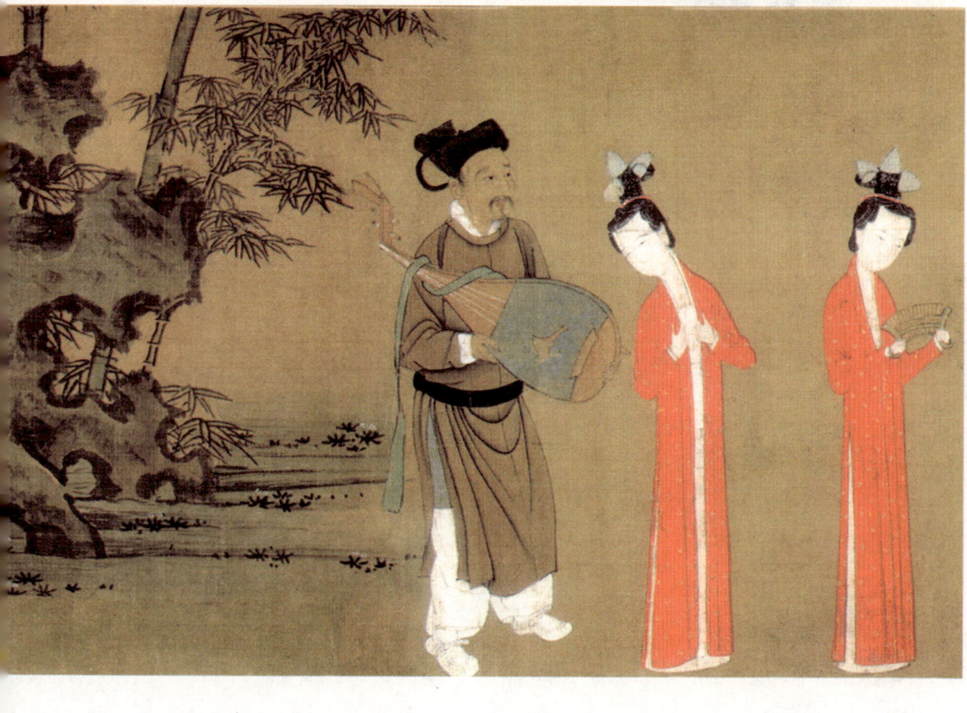

鲛鱼荔枝

尉佗献高祖鲛①鱼、荔枝,高祖报以蒲桃锦②四匹。

【注释】

① 鲛(jiāo):即"鲨鱼"。
② 蒲桃锦:绣有葡萄花纹的锦缎。蒲桃,即葡萄。

【译文】

尉佗(南越王)献给汉高祖海鲨和荔枝,高祖回赠尉佗四匹蒲桃锦。

《葡萄图》
(明)石玠

葡萄是汉武帝时期,张骞自西域引进中原的。《诗经》中记载:"六月食郁及薁。""薁"指的是野葡萄。

戚夫人侍儿言宫中乐事

戚夫人侍儿贾佩兰，后出为扶风人段儒妻。说在宫内时，见戚夫人侍高帝，尝以赵王如意为言，而高祖思之，几半日不言，叹息凄怆，而未知其术，辄使夫人击筑，高祖歌《大风诗》以和之。又说在宫内时，尝以弦管歌舞相欢娱，竞为妖服①，以趣良时。十月十五日，共入灵女庙，以豚黍乐神，吹笛击筑，歌《上灵》②之曲。既而相与连臂，踏地为节，歌《赤凤凰来》。至七月七日，临百子池，作于阗③乐。乐毕，以五色缕相羁，谓为相连爱。八月四日，出雕房北户，竹下围棋，胜者终年有福，负者终年疾病，取丝缕，就北辰星求长命乃免。九月九日，佩茱萸④，食蓬饵，饮菊华酒，令人长寿。菊华舒时，并采茎叶，杂黍米酿之，至来年九月九日始熟，就饮焉，故谓之菊华酒。正月上辰，出池边盥濯⑤，食蓬饵，以祓⑥妖邪。三月上巳，张乐于流水，如此终岁焉。戚夫人死，侍儿皆复为民妻也。

【注释】

① 妖服：艳丽的服装。

② 《上灵》：应该是娱神或祭神的曲名。

③ 于阗（tián）：又名"于寘"，曾是唐代安西都护府统辖的安西四镇之一，在今新疆和田附近。

④ 茱萸（zhū yú）：几种不同的常绿带香植物的通称，有

杀虫消毒、逐寒祛风的功效。木本茱萸有吴茱萸、山茱萸和食茱萸之分，都是有名的中药。古时有九月九日重阳节佩戴茱萸囊辟邪的习俗。

⑤ 盥濯（guàn zhuó）：洗涤。

⑥ 祓（fú）：古代除灾祈福的仪式。

【译文】

　　戚夫人的侍女贾佩兰，出宫后成为扶风郡段儒的妻子。她说起在宫里时，看到戚夫人侍奉汉高祖，曾提起赵王如意的事，汉高祖沉思了好半天，叹息不已，神色凄切悲伤，却也想不出什么好办法。于是就让戚夫人击筑，汉高祖也唱起了《大风》歌相和。贾佩兰还说，在宫内时，常用弦管乐器伴奏歌舞来娱乐，大家竞相穿着艳丽的服装，来同度美妙时光。到了十月十五日，大家会跑到灵女庙，用仔猪和黍米供奉神灵，还要吹笛击筑，唱《上灵》这首曲子。之后大家手拉手，以脚踏地作为节拍，唱《赤凤凰来》。七月七日这天，大家会来到百子池，奏响于阗的乐曲。演奏完毕后，便用五色丝线相互系在一起，并调整好位置，以示相亲相爱。八月四日这天，从雕房的北门外出，到竹林里对弈，得胜者将终年都有福气，失败者则终年疾病不断。这时则需要取出丝线，朝着北极星祈求长命百岁才能免病。九月九日这天，要佩戴茱萸，吃蓬饵饼，喝菊华酒，来祈求长寿。菊花盛开的时候，采摘茎、叶与黍米混合，酿制成酒。到第二年的九月九日，这酒才算酿好，才能喝，所以称它菊花酒。正月的首个辰日，大家会出门到水池边上洗漱，吃蓬饵饼，以驱除妖邪之气。三月的首个巳日，又会在流水边演奏。就这样，一年就过完了。戚夫人去世后，她的侍女都出了宫，成为平民的妻子。

《女乐图》
（明）仇珠　收藏于北京故宫博物院

何武葬北邙

何武葬北邙山薄龙坂①，王嘉②冢东北一里。

【注释】

① 何武：西汉时的大臣，字君公，蜀郡郫县（今四川成都郫都区）人。历任廷尉、大司空等官，后来被封为氾乡侯。坂（bǎn）：山坡，斜坡。

② 王嘉：西汉时的大臣，字公仲，西汉平陵（今陕西咸阳西北）人。汉哀帝时任丞相，后被封为新甫侯。

【译文】

何武被葬在北邙山的薄龙坂，王嘉的墓地在其东北一里远的地方。

生作葬文

杜子夏①葬长安北四里,临终作文曰:"魏郡杜邺,立志忠款②,犬马未陈,奄③先草露。骨肉归于后土,气魂无所不之。何必故丘,然后即化。封于长安北郭,此焉宴息④。"及死,命刊石,埋于墓侧。墓前种松柏树五株,至今茂盛。

【注释】

① 杜子夏:即杜邺,西汉著名大臣张敞的外孙,小学名家。

② 忠款:忠诚。款,诚恳。

③ 奄(yǎn):突然。

④ 宴息:指死者长眠,如安息。

【译文】

　　杜子夏被葬在长安城北四里处,他临终时写文章说:"魏郡的杜邺,立志要做忠诚的人,但还没尽忠效力,就忽然早于草露而死去。我的尸身肉骨归于土地,但我的魂魄四处游荡。死后为什么一定要回归故土呢?我的坟墓就建在长安城北的外城,这就是我安息的地方。"而且,他交代死后将文章刻在石头上,并埋在墓旁。他墓前种植了五棵松柏,到现在依旧茂盛。

淮南《鸿烈》

淮南王安著《鸿烈》①二十一篇。鸿,大也。烈,明也。言大明礼教。号为《淮南子》,一曰《刘安子》。自云"字中皆挟风霜②"。杨子云以为一出一入。

【注释】

① 《鸿烈》:即《淮南鸿烈》,又称《淮南子》,共有内篇二十一论道,外篇三十三杂说,今只存内篇。

② 风霜:这里比喻凌厉之气。

【译文】

淮南王刘安写了一部《鸿烈》,共二十一篇。鸿,意为大;烈,意为明。这本书是弘扬并阐明礼教的,它被称为《淮南子》,也称《刘安子》。刘安自称这部书"字中皆挟风霜",杨子云认为这两种说法都与原书不太相符。

仓颉造字
选自《历代帝王圣贤名臣大儒遗像》册 (清)佚名 收藏于法国国家图书馆

《淮南子·本经训》:"昔者苍颉作书而天雨粟,鬼夜哭。"传说,古代人们结绳记事,但是随着社会的发展需要记的越来越多,使用绳结多有不便。仓颉在狩猎时,受动物蹄印的影响,他观察了世间万物的独特形态,以万物的形状作为符号,造出了各类文字的雏形。

神农尝百草图
选自《人物》册页 （明）郭诩 收藏于上海博物馆

《淮南子·修务训》："古者，民茹草饮水，采树木之实，食蠃蠬之肉，时多疾病毒伤之害。于是神农乃始教民播种五谷，相土地宜燥湿肥硗高下，尝百草之滋味、水泉之甘苦，令民知所辟就。"传说神农本是三皇之一，他教授人们种植五谷，使得人们有粮可食。后来见到人们生病，他又亲自尝遍百草，来为人们找寻治疗各种疾病的药方。

《嫦娥奔月》轴
（明）唐寅 收藏于中国台北故宫博物院

《淮南子·览冥训》："羿请不死之药于西王母，姮娥窃以月，怅然有丧，无以续。何则？不知不死之药所由生也。"传说嫦娥偷吃了丈夫后羿的不死药，而飞入了月宫，成为神仙。

大禹治水
选自《帝王道统万年图》 （明）仇英 收藏于中国台北故宫博物院

《淮南子·人间训》："古者沟防不修，水为民害。禹凿龙门，辟伊阙，平治水土，使民得陆处。"三皇五帝时期，黄河水患严重，禹的父亲鲧负责治理，但以失败告终。尔后大禹认真地勘测了黄河周围的环境，采用疏理的办法泄洪，这便是大禹治水的典故。

公孙子

公孙弘著《公孙子》①,言刑名②事,亦谓字直百金。

【注释】

① 《公孙子》:据《汉书·艺文志》载,公孙弘著《公孙弘》十篇,现已失传。

② 刑名:即刑名之学,是战国时论述名实关系的思想流派,即刑名学派,属法家,其代表人物是战国时期的申不害。该学派强调循名责实,崇上抑下,尊君卑臣,以巩固政权。

【译文】

公孙弘写了一部《公孙子》,讲述的是刑名之学,也有人说这本书一个字就值百金。

吕侯受命
选自《钦定书经图说》清印本 (清)孙家鼐等
《吕刑》是中国第一部系统性刑法典,周穆王依此治理两周。他命吕侯制定刑法,有宫、墨、劓、剕等多种刑罚,共计三千条例,名《吕刑》。

古代刑罚
选自《清代刑罚图》清绘本　（清）佚名

吊刑

夹棍

笞杖

枷刑

流刑

斩刑

长卿赋有天才

司马长卿赋,时人皆称典而丽,虽诗人之作,不能加①也。杨子云曰:"长卿赋不似从人间来,其神化所至邪?"子云学相如为赋而弗逮,故雅服②焉。

【注释】

① 加:超过。

② 雅服:极为佩服。雅,极,甚。

【译文】

司马长卿作的赋,当时的人们都赞其既典雅又华丽,即使是诗人,也无法超越。杨子云说:"长卿的赋不像是来自人间,难道是神灵化育所造就的?"杨子云学习相如作赋,但达不到相如的水平,因此他对司马相如非常佩服。

司马相如像
选自《博古叶子》清刻本　(明)陈洪绶

《凤求凰》是司马相如求爱于卓文君时所写的赋。
内容为:"一美人兮,见之不忘。一日不见兮,思之如狂。凤飞翱翔兮,四海求凰。无奈佳人兮,不在东墙。将琴代语兮,聊写衷肠。何日见许兮,慰我彷徨。愿言配德兮,携手相将。不得于飞兮,使我沦亡。凤兮凤兮归故乡,遨游四海求其凰。时未遇兮无所将,何悟今兮升斯堂!有艳淑女在闺房,室迩人遐毒我肠。何缘交颈为鸳鸯,胡颉颃兮共翱翔!凰兮凰兮从我栖,得托孳尾永为妃。交情通意心和谐,中夜相从知者谁?双翼俱起翻高飞,无感我思使余悲。"

赋假相如

长安有庆虬之①,亦善为赋,尝为《清思赋》,时人不之贵②也,乃托以相如所作,遂大见重于世。

【注释】

① 庆虬(qiú)之:人名,生平不详。

② 贵:值得看重,重视。

【译文】

长安有一个人叫庆虬之,擅长作赋。他曾经写过一篇《清思赋》,但当时的人并不重视它。于是他把这篇赋假托于相如,结果这篇赋很受世人的看重。

《山馆读书图》
(宋)刘松年　收藏于北京故宫博物院

《大人赋》

相如将献赋,未知所为。梦一黄衣翁①谓之曰:"可为《大人赋》②。"遂作《大人赋》,言神仙之事以献之。赐锦四匹。

【注释】

① 翁:对男性长者的尊称。

② 《大人赋》:又称《大人之颂》,主要讲述了"大人"遨游天庭之事,而"大人"隐喻天子。该赋极写仙境之下不可久恋而人世间弥足珍贵,意含讽谏。

【译文】

司马相如准备献赋给皇上,但不知道写什么。他梦见一个穿黄衣的老人家告诉他:"可以写一篇《大人赋》。"司马相如就写了一篇《大人赋》献给皇帝,讲述的是神仙的事情。皇帝赐给他四匹锦缎。

▶《瑶池献寿图》
(宋)刘松年　收藏于中国台北故宫博物院
司马相如的《大人赋》讲的是汉武帝好神仙之道。
此画描绘的是某位来自凡间的帝王来瑶池为王母祝寿的场面。

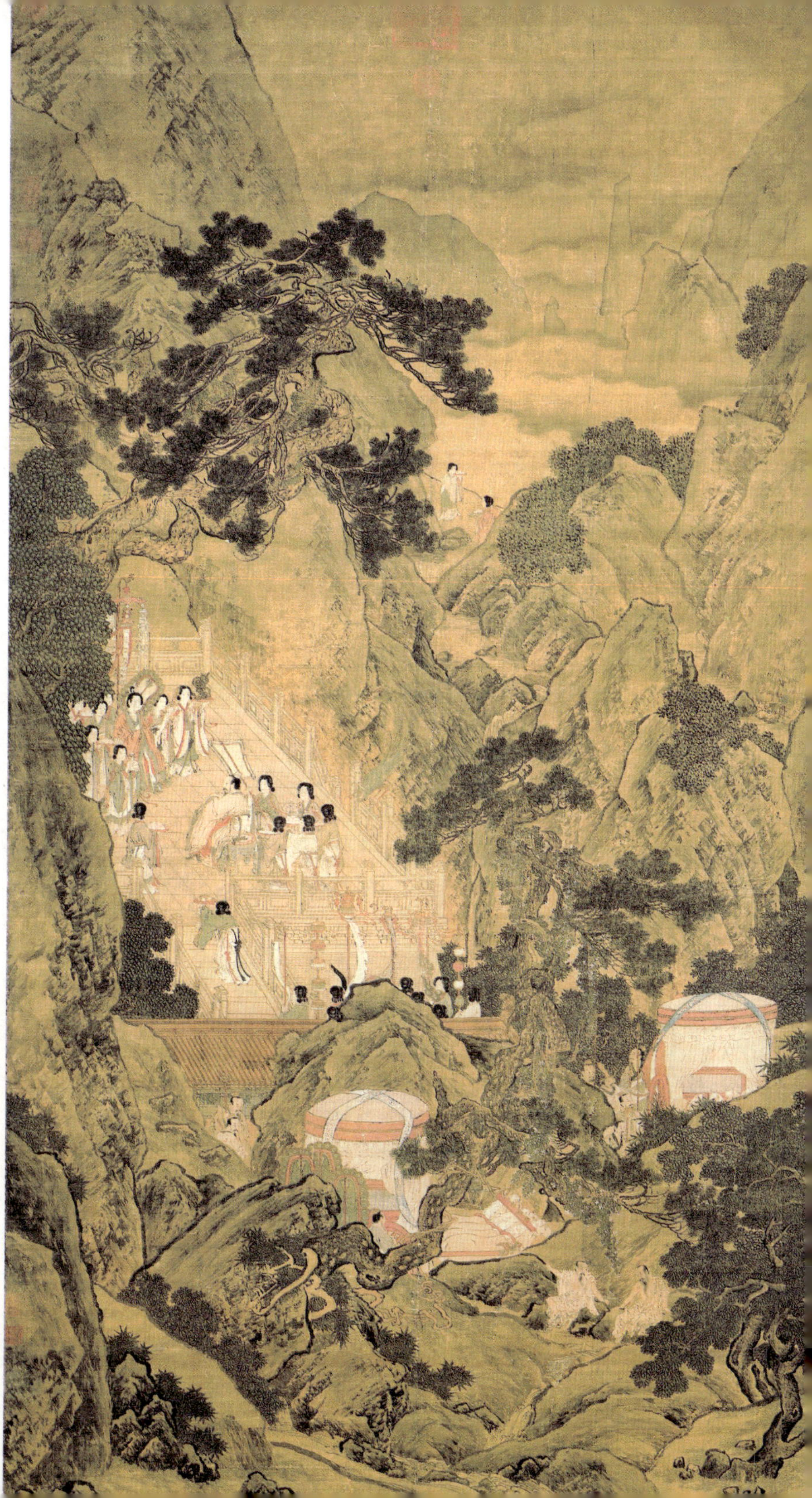

《白头吟》

相如将聘①茂陵人女为妾,卓文君作《白头吟》以自绝②,相如乃止。

【注释】

① 聘:通"娉",娶。

② 自绝:自己主动与对方断绝关系。

【译文】

司马相如准备娶茂陵县一户人家的女儿为妾,卓文君作《白头吟》主动与其断绝关系,司马相如才就此罢休。

《文君听琴图》
(清)佚名

卓文君《白头吟》内容:
皑如山上雪,皎若云间月。
闻君有两意,故来相决绝。
今日斗酒会,明旦沟水头。
躞蹀御沟上,沟水东西流。
凄凄复凄凄,嫁娶不须啼。
愿得一心人,白头不相离。
竹竿何袅袅,鱼尾何簁簁!
男儿重意气,何用钱刀为!

樊哙问瑞应

樊将军哙问陆贾①曰:"自古人君皆云受命于天,云有瑞应,岂有是乎?"贾应之曰:"有之。夫目瞤②得酒食,灯火华得钱财,乾鹊③噪而行人至,蜘蛛集而百事喜。小既有征,大亦宜然。故目瞤则咒之,火华则拜之,乾鹊噪则喂之,蜘蛛集则放之。况天下大宝,人君重位,非天命何以得之哉?瑞者,宝也,信也。天以宝为信,应人之德,故曰瑞应。无天命,无宝信,不可以力取也。"

【注释】

① 陆贾:汉代初期政论家、辞赋家,他跟随汉高祖平定天下,官至太中大夫。他曾告诫汉高祖,用武力能够夺得政权,却不能只靠武力来维持政权。

② 目瞤(shùn):眼跳。

③ 乾鹊:即喜鹊。

【译文】

将军樊哙问陆贾说:"自古以来,人们都说君主是受命于天的,说有瑞应,莫非这是真的?"陆贾回答说:"是真的。眼皮跳跳,就能得到酒食;灯火闪烁,便会获得钱财;喜鹊喳喳叫,表示有客会到;蜘蛛聚集,表示诸事吉利。小事都有征兆，大事也应该如此。所以，眼皮跳，我们就祷告；灯火闪烁，我们就拜它；喜鹊叫了，我们就喂它；蜘蛛聚集，我们就随它。何况天下大宝、人君重位呢？如果不是天命，怎么能得到呢？瑞应，指的就是宝物，是凭据。天用宝物作为凭据，来回应人们的德行，所以称之为'瑞应'。没有天命，没有宝物做凭据，只凭借自身力量是得不到的。"

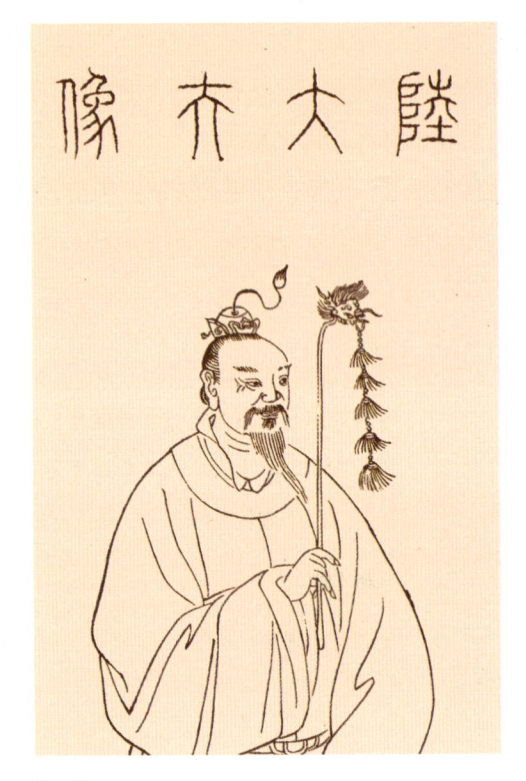

陆贾像
选自《古圣贤像传略》清刊本　（清）顾沅／辑录
（清）孔莲卿／绘

西汉著名政治家、思想家。他提倡"行仁义、法先圣，礼法结合、无为而治"，是西汉第一位提倡儒学经典的人。班固评价其："陆贾位止大夫，致仕诸吕，不受忧责，从容平、勃之间，附会将相以强社稷，身名俱荣。"

霍妻双生

霍将军①妻一产二子，疑所为兄弟。或曰："前生为兄，后生者为弟。今虽俱日，亦宜以先生为兄。"或曰："居上者宜为兄，居下宜为弟，居下者前生，今宜以前生为弟。"时霍光闻之曰："昔殷王祖甲一产二子，曰嚚②，曰良。以卯日生嚚，以巳日生良，则以嚚为兄，以良为弟。若以在上者为兄，嚚亦当为弟。昔许釐公③一产二女，曰妖，曰茂。楚大夫唐勒④一产二子，一男一女，男曰贞夫，女曰琼华。皆以先生为长。近代郑昌时、文长蒨⑤并生二男，滕公⑥一生二女，李黎⑦生一男一女，并以前生者为长。"霍氏亦以前生为兄焉。

【注释】

① 霍将军：这里指霍光，霍将军妻即霍显。

② 嚚（yín）：此为人名，意为暴虐或愚顽。

③ 许釐（xǐ）公：春秋时期许国国君，姜姓，名宗。一说即许僖公，亦为春秋时许国国君，姜姓，名业。

④ 唐勒：战国时期的楚辞赋家。

⑤ 郑昌时、文长蒨：人名，生平不详。

⑥ 滕公：西汉初沛县（今属江苏）人。少与刘邦善，从起兵，屡立战功，任太仆。楚汉战争时，危急中曾多次救

护吕后、太子（惠帝）。汉朝建立，又从击臧荼、陈豨、英布等之乱，封"汝阴侯"；惠帝、文帝时，继为太仆。以其曾为滕令，时称"滕公"。

⑦ 李黎：人名，生平不详。

【译文】

霍将军的妻子一胎生了两个儿子，不知道谁是哥哥谁是弟弟。有人说："先出生的应该是哥哥，后出生的应该是弟弟。虽然两个人都在同一天出生，但也应该让先出生的做哥哥。"还有人说："在上面的应该是哥哥，在下面的应该是弟弟。在下面的先出生，所以现在应该以先出生的为弟弟。"当时霍光听到了这些话，说："从前殷王祖甲一胎生了两个儿子，一个名叫嚣，一个名叫良。卯日生嚣，巳日生良，所以把嚣当作哥哥，把良当作弟弟。如果按照在上面的为哥哥来算，那么嚣也应该是弟弟。从前许鳌公一胎生了两个女儿，一个名叫妖，一个名叫茂；楚国的大夫唐勒一胎生了俩孩子，男孩和女孩各一个，男孩名叫贞夫，女孩名叫琼华，都把先出生的当作长者。近代郑昌时、文长蒨一胎生了两个儿子；滕公一胎生了两个女儿；李黎同时生了一男一女，都把先出生的当作长者。"于是霍光的妻子也以先出生的为哥哥。

霍光像
选自《古圣贤像传略》清刊本 （清）顾沅／辑录
（清）孔莲卿／绘

霍光，字子孟，两汉中叶政治家，霍去病的异母弟，谥号宣成。

文章迟速

枚皋^①文章敏疾,长卿制作淹迟^②,皆尽一时之誉。而长卿首尾温丽,枚皋时有累句,故知疾行无善迹矣。杨子云曰:"军旅之际,戎马之间,飞书驰檄^③,用枚皋;廊庙之下,朝廷之中,高文典册,用相如。"

【注释】

① 枚皋(gāo):西汉时著名的辞赋家,字少孺,淮阴(今江苏淮安市)人。

② 淹迟:缓慢,迟缓。

③ 驰檄(xí):迅速传送檄文。

【译文】

枚皋作文章敏捷迅速,而司马长卿却相当迟缓,两个人的文章在当时都享有盛誉。司马长卿的文章通篇始终温和优美,而枚皋的却常有累赘之句,由此可知,写得快就不能好好推敲了。杨子云说:"在行军作战途中,需要快速传递书信和檄文时,要用枚皋;在廊庙之下、朝廷之中,要写诏令制诰等重要的文章时,要用相如。"

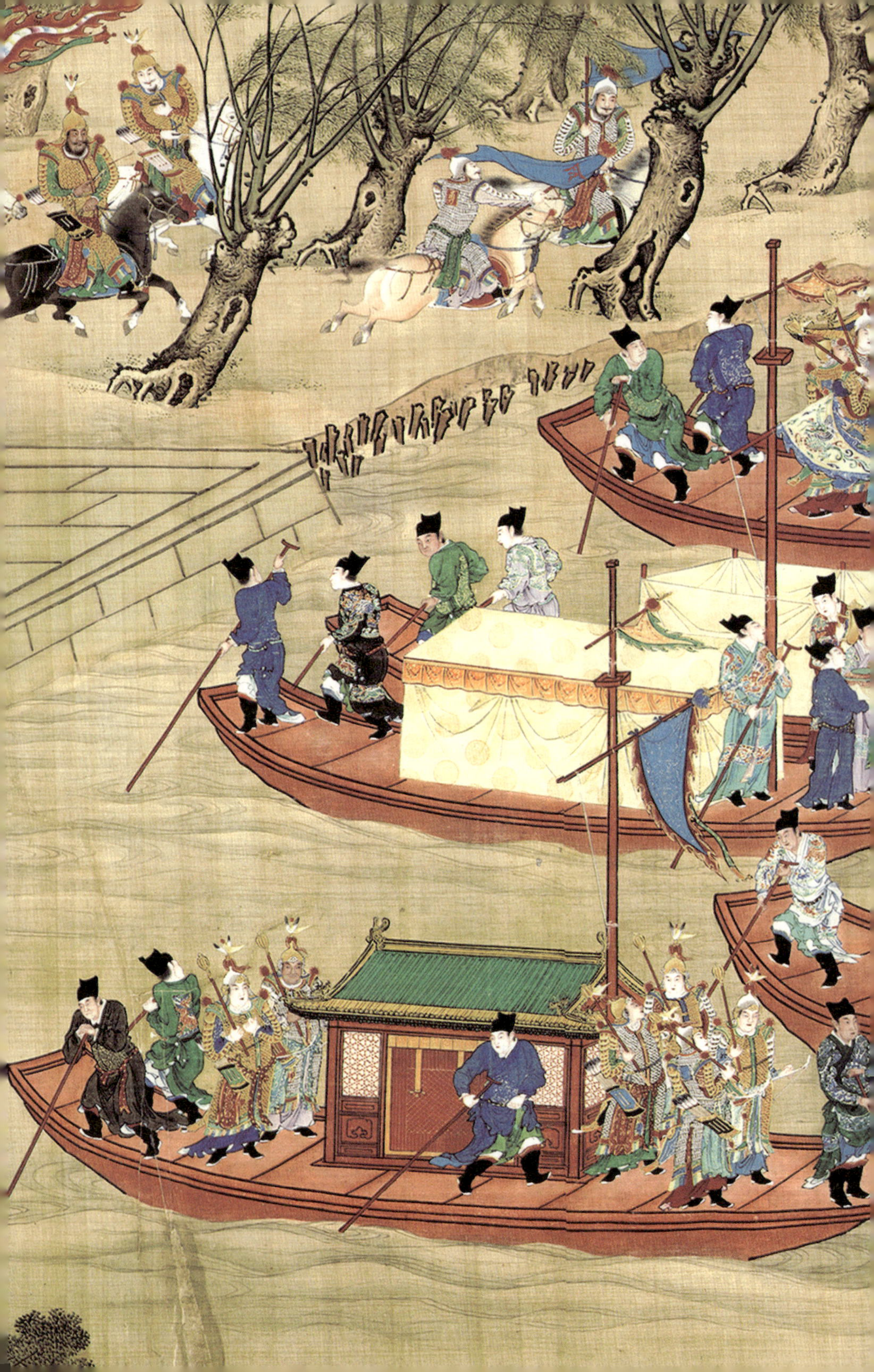

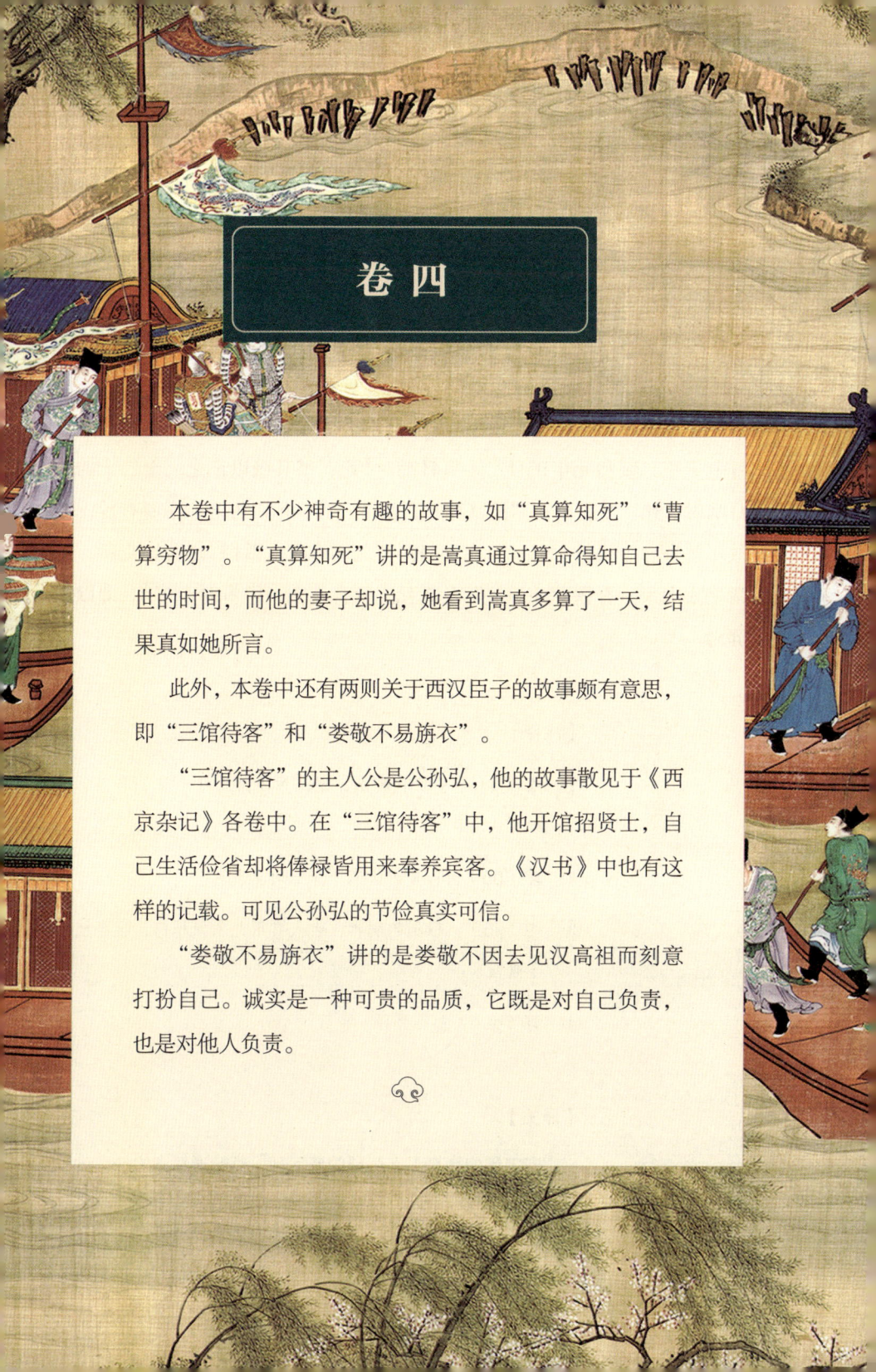

卷 四

　　本卷中有不少神奇有趣的故事，如"真算知死""曹算穷物"。"真算知死"讲的是嵩真通过算命得知自己去世的时间，而他的妻子却说，她看到嵩真多算了一天，结果真如她所言。

　　此外，本卷中还有两则关于西汉臣子的故事颇有意思，即"三馆待客"和"娄敬不易旃衣"。

　　"三馆待客"的主人公是公孙弘，他的故事散见于《西京杂记》各卷中。在"三馆待客"中，他开馆招贤士，自己生活俭省却将俸禄皆用来奉养宾客。《汉书》中也有这样的记载。可见公孙弘的节俭真实可信。

　　"娄敬不易旃衣"讲的是娄敬不因去见汉高祖而刻意打扮自己。诚实是一种可贵的品质，它既是对自己负责，也是对他人负责。

真算知死

安定嵩真、玄菟①曹元理,并明算术,皆成帝时人。真尝自算其年寿七十三,绥和元年正月二十五日晡时②死,书其壁以记之。至二十四日晡时,死。其妻曰:"见真算时,长下一算,欲以告之,虑脱有旨,故不敢言。今果校一日。"真又曰:"北邙青陇上孤槚③之西四丈所,凿之入七尺,吾欲葬此地。"及真死,依言往掘,得古时空椁④,即以葬焉。

【注释】

① 玄菟(tú):汉代郡名,汉武帝元封三年(前108年)设置。

② 晡(bū)时:申时,即下午三时至五时。

③ 槚(jiǎ):楸树的别称,古人常用此木做棺椁,也会植于墓前。

④ 椁(guǒ):即外棺。

【译文】

安定郡的嵩真、玄菟郡的曹元理,都精通算命之法,他们都是汉成帝时的人。嵩真曾算出自己能活七十三岁,在绥和元年(前8年)正月二十五日的申时去世,并在墙上记录下来好记住它。可到了绥和元年正月二十四日的申时,他就死了。嵩真的妻子说:"我发现嵩真给自己算命时多算了一天,本想把这件事告诉他,但又担心他有其他意思,所以没敢说。如今看来,果然差了一天。"嵩真还说过:"北邙青陇山之上有棵孤单的槚树,在它西边四丈处,挖七尺深,我想葬在那儿。"等到他死后,人们按照他的话去挖,果然发现了一副古时的空棺材,于是就用它安葬了他。

李淳风像
选自《民间神像图》
(清)周培春
唐朝天文学家、易学家,精通阴阳八卦算法的道士。著有天文学、数学、史学方面的著作。

曹算穷物

　　元理尝从其友人陈广汉①，广汉曰："吾有二囷米，忘其石数，子为计之。"元理以食箸②十余转，曰："东囷③七百四十九石二升七合。"又十余转，曰："西囷六百九十七石八斗。"遂大署囷门。后出米，西囷六百九十七石七斗九升，中有一鼠，大堪一升。东囷不差圭合④。元理后岁复过广汉，广汉以米数告之，元理以手击床曰："遂不知鼠之殊米，不如剥面皮矣！"广汉为之取酒，鹿脯数片，元理复算，曰："薯蔗⑤二十五区，应收一千五百三十六枚。蹲鸱⑥三十七亩，应收六百七十三石。千牛产二百犊，万鸡将五万雏。"羊豕鹅鸭，皆道其数，果蓏肴蔌⑦，悉知其所，乃曰："此资业之广，何供馈之偏邪？"广汉惭曰："有仓卒客，无仓卒主人。"元理曰："俎上蒸独一头⑧，厨中荔枝一桮⑨，皆可为设。"广汉再拜谢罪，自入取之，尽日为欢。其术后传南季，南季传项瑫，瑫传子陆，皆得其分数，而失玄妙焉。

【注释】

① 陈广汉：人名，生平不详。

② 食箸（zhù）：筷子。

③ 囷（qūn）：古代的一种圆形谷仓。

④ 圭合（guī gě）：比喻极其微小。圭和合，都是古代较小的容量单位。

⑤ 藷蔗（zhū zhè）：甘蔗。

⑥ 蹲鸱（dūn chī）：一种大芋头，由于它的形状像蹲伏的鸱鸟，故得名。

⑦ 蓏（luǒ）：瓜类植物的果实。肴蔌（sù）：鱼肉和蔬菜。蔌，蔬菜。

⑧ 俎（zǔ）：古代祭祀或宴会时放牲体的礼器，一般为四脚方形青铜盘或木漆盘。豚（tún），同"豚"，小猪。

⑨ 柈（pán）：同"盘"，盘子。

【译文】

　　曹元理曾随朋友陈广汉到他家。陈广汉问："我家里有两个圆米仓，我忘记里面的米有多少石了。你能帮我算一下吗？"曹元理用吃饭的筷子绕着米仓转了十几圈，说："东边圆米仓里面有米七百四十九石二升七合。"又拿着筷子绕着另一个米仓转了十几圈，说："西边圆米仓里面有米六百九十七石八斗。"然后，他在圆米仓门上写上了大大的数字。后来陈广汉把米取出来，发现西边的圆米仓里面有六百九十七石七斗九升米，米仓里还有一只足有一升米重的老鼠；东边的圆米仓没有差错。第二年，曹元理再次拜访陈广汉，陈广汉将米的石数告诉了他。曹元理用手拍了一下床，说："竟然不知老鼠跟米是不同的，没脸见人了！"陈广汉为他拿来酒，还有几片鹿肉。曹元理又帮忙算了一些东西，说："二十五片甘蔗田应该收获一千五百三十六棵甘蔗，三十七亩大芋头应该收获六百七十三石大芋头，一千头牛能产出二百头小牛犊，一万只母鸡将产出五万只雏鸡。"羊、猪、鹅、鸭，都算出了数量；瓜、果、鱼、肉、蔬菜，也都了解了种在什么地方。曹元理这时才问："有这么多财产，为什么对待客人这么小气呢？"陈广汉感到惭愧，说："客人仓促到来，主人不该仓促中招待不周。"曹元理接着说："俎盘上有蒸好的乳猪，厨房里还有一筐荔枝，都可以拿来招待客人。"陈广汉再次向他鞠躬道歉，并亲自进去取来食物，主客整日尽欢。这种推算的方法后来传给了南季，南季又传给了项瑫，项瑫又传给了儿子项陆。他们虽然都学到了推算的方法，但没有学到它的精髓。

梦赉良弼
选自《帝鉴图说》法文外销画绘本　（明）佚名　收藏于法国国家图书馆

传说古代有三位感应能力出众的人：东方朔、商王武丁，以及曹元理。正是由于武丁做的梦，帮他找到了在千里之外筑墙的傅说，使之成为他日后振兴朝堂的帮手。

因献命名

卫将军青①生子,或有献䯄②马者,乃命其子曰䯄,字叔马。其后改为登,字叔昇。

【注释】

① 卫将军青:即卫青,西汉时代抗击匈奴的名将,字仲卿,河东平阳(今山西临汾西南)人。

② 䯄(guā):古代指黑嘴的黄马。

【译文】

将军卫青生得一子,有人献给他了一匹䯄马,于是他就给儿子取名为䯄,字叔马,后来又改名为登,字叔昇。

董贤宠遇过盛

哀帝为董贤①起大第于北阙下,重五殿,洞六门,柱壁皆画云气华蘤②,山灵水怪,或衣以绨锦,或饰以金玉。南门三重,署曰南中门、南上门、南便门。东西各三门,随方面题署,亦如之。楼阁台榭,转相连注,山池玩好,穷尽雕丽。

【注释】

① 董贤:汉哀帝刘欣的宠臣,字圣卿,西汉云阳(今陕西淳化西北)人。董贤二十二岁官至大司马,操弄朝政,被封为高安侯。他的兄弟皆受宠信,得赏赐无数,筑第宅,造冢墓,奢靡无度,父子专擅朝政。汉哀帝死后,他被王莽以治办丧事不力之名逼迫自杀,庞大家族资产也被抄没。

② 蘤(huā):同"花"。

【译文】

汉哀帝给董贤建了一座大宅邸,就在北阙之下。这座宅邸前后有五重殿,六重相对的门洞。大殿的柱子和墙壁上全绘有云雾、花卉、山灵、水怪,有的披着锦绣,有的以金玉装饰。南门有三重,名字分别是南中门、南上门、南便门。东侧和西侧各有三重门,根据方位命名,也像南门一样。楼阁台榭,彼此相连,假山水池和各种赏玩之物,雕刻得精美极了。

嬖佞戮贤
选自《帝鉴图说》法文外销画绘本　（明）佚名　收藏于法国国家图书馆

汉哀帝时期有个叫作董贤的官员，他是哀帝的宠臣，身份十分尊贵。哀帝还请工匠给他建造华丽的大宅，宅内一应俱全，皆是皇帝赠与。贤臣郑崇因此上谏，但却被皇帝打入大牢，惨死狱中。

三馆待客

平津侯^①自以布衣为宰相,乃开东阁,营客馆,以招天下之士。其一曰钦贤馆,以待大贤。次曰翘材馆,以待大才。次曰接士馆,以待国士。其有德任毗赞^②、佐理阴阳者,处钦贤之馆。其有才堪九烈、将军、二千石者,居翘材之馆。其有一介之善、一方之艺,居接士之馆。而躬自菲薄,所得俸禄,以奉待之。

【注释】

① 平津侯:即公孙弘。元朔三年(前126年),迁御史大夫,当时正东置沧海郡,北置朔方郡,西南通蛮夷,公孙弘数次上谏,最后说服武帝专奉朔方,罢东海和西南夷事。元朔五年六月,武帝下诏延天下方闻之士,公孙弘制《请为博士置弟子员议》,置博士弟子,设立选举考核制度。公孙弘建客馆以延贤人,用自己的俸禄给养门客,让他们参与谋划议政。十一月,公孙弘被拜为丞相,武帝随即又封他为平津侯。

② 毗(pí)赞:辅佐,襄助。

【译文】

平津侯觉得自己是从一介布衣成为宰相,便开设了东阁,营建了客馆,用来招徕天下有才能的人。其中有一座客馆,名叫钦贤馆,用来接待大贤之人;还有一座宾馆,名叫翘材馆,用来接待大才之人;还有一座宾馆,名叫接士馆,用来招待本国之内有才能的人。有德行、可以辅佐君王,或者能够协调阴阳关系的人,居住在钦贤馆;有才华、可以担任九卿、将军,或者二千石官员的人,居住在翘材馆;有一技之长或某些优点的人,居住在接士馆。平津侯本人却过得很是俭省,他获得的俸禄全用来招待这些人了。

《十八学士于志宁书赞》卷
(唐)阎立本　收藏于中国台北故宫博物院

唐太宗建"文学馆",招纳栋梁,称杜如晦、于志宁、房玄龄、褚亮、姚思廉、薛收、苏世长、陆德明、李守素、许敬宗、虞世南、蔡允恭、薛元敬、孔颖达、颜相时、盖文达、苏勖、刘孝孙十八人为学士。

闽越献蜜

闽越王献高帝石蜜五斛①,蜜烛②二百枚,白鹇③、黑鹇各一双。高帝大悦,厚报遣其使。

【注释】

① 斛(hú):容量单位,多用于粮食。南宋之前,十斗为一斛;南宋末年,改为五斗为一斛。

② 蜜烛:即蜡烛,用从蜂巢中提制的蜡制成。

③ 鹇(xián):鸟名,长得像山鸡。

【译文】

闽越王向汉高帝献上了五斛石蜜、二百根蜜烛和一对白鹇、一对黑鹇。汉高帝非常高兴,送闽越王的使者回去时回赠了丰厚的赏赐。

滕公葬地

滕公驾至东都门,马鸣,踢①不肯前,以足跑地久之。滕公使士卒掘马所跑地,入三尺所,得石椁。滕公以烛照之,有铭焉。乃以水洗写其文,文字皆古异,左右莫能知。以问叔孙通②,通曰:"科斗书也。"以今文写之,曰:"佳城郁郁,三千年见白日。吁嗟③滕公居此室。"滕公曰:"嗟乎,天也!吾死其即安此乎?"死遂葬焉。

【注释】

① 踢(jú):曲,屈。一说同"躅(zhú)",徘徊不避的样子。

② 叔孙通:秦汉时薛县(今山东滕州南)人,曾为秦博士,后追随项羽反秦,再后来跟随刘邦,任博士,号"稷嗣君"。叔孙通学本儒家,其最重要的思想是"与时变化",从他仕秦后归楚,再到降汉制仪,莫不如是。

③ 吁嗟(xū jiē):常用于哀叹,相当于现在的"唉"。

【译文】

滕公的车驾走到东都门时,马嘶鸣起来,弯着腿不肯前行,用蹄子久久刨地。滕公叫士兵挖马蹄所刨之处,挖到大概三尺深时,发现了一副石棺。滕公举着蜡烛照着它,看到石棺上有铭文,就用水清洗后抄写下来,这些文字古朴奇特,旁边的人都不认识。滕公问叔孙通,叔孙通回答说:"是蝌蚪文。"用现在的文字写出来,就是:"这块风水宝地阴暗幽寂,三千年才能见到日光。唉,滕公就在这个墓室里安眠。"滕公说:"哎呀,天哪!我死后就要安葬在这儿吗?"他死后便被埋葬在那里。

叔孙通像
[日]佚名

叔孙通最初是秦待诏博士,后追随刘邦,为汉朝效力。司马迁在《史记》评论其:千金之裘,非一狐之腋也;台榭之榱,非一木之枝也;三代之际,非一士之智也。信哉!夫高祖起微细,定海内,谋计用兵,可谓尽之矣。然而刘敬脱挽辂一说,建万世之安,智岂可专邪!叔孙通希世度务,制礼进退,与时变化,卒为汉家儒宗。"大直若诎,道固委蛇",盖谓是乎?

韩嫣金弹

韩嫣①好弹，常以金为丸，所失者日有十余。长安为之语曰："苦饥寒，逐金丸。"京师儿童，每闻嫣出弹，辄随之，望丸之所落，辄拾焉。

【注释】

① 韩嫣：字王孙，为人聪慧，善骑射，汉武帝的宠臣，得赏赐无数，官至上大夫。

【译文】

韩嫣喜好玩弹弓，经常用黄金制作弹丸，丢掉的弹丸一天就有十多粒。长安百姓给他编了一句谚语："苦饥寒，逐金丸。"京城里的孩童，一听闻韩嫣出门玩弹弓来了，就跟着他，望着弹丸掉落的地方，会赶紧跑去捡。

《挟弹游骑图》
（元）赵雍　收藏于北京故宫博物院

司马良史

司马迁发愤作《史记》百三十篇,先达称为良史之才。其以伯夷①居列传之首,以为善而无报也。为《项羽本纪》,以踞高位者非关有德也。及其序屈原、贾谊,辞旨②抑扬,悲而不伤,亦近代之伟才。

【注释】

① 伯夷:商末孤竹君的长子,名允,字公信。相传孤竹君遗命立三子叔齐为君。孤竹君死后,叔齐让位给伯夷,伯夷不受;叔齐尊天伦,不愿打乱社会规则,也未继位,二人先后出国前往周国考察。周武王伐纣,二人扣马谏阻。武王灭商后,他们耻食周粟,采薇而食,饿死于首阳山。

司马迁像
选自《历代帝王圣贤名臣大儒遗像》册 (清)佚名 收藏于法国国家图书馆

西汉著名文学家,编写了中国第一部纪传体通史《史记》。班固在《汉书》评价其:"自刘向、杨雄博极群书,皆称迁有良史之材,服其状况序事理,辩而不华,质而不俚,其文直、其事核,不虚美、不隐恶,故谓之实录。"鲁迅评价此书:"史家之绝唱,无韵之离骚。"

【译文】

司马迁振奋精神书写了《史记》一百三十篇,被知名的先辈称为"良史之才"。他将伯夷的传记置于列传的首篇,是因为伯夷善良却未得善报;他撰写《项羽本纪》,是因为项羽曾身居高位,跟他有没有德行无关。另外,他将屈原、贾谊二人按次序排在一起,文章写得跌宕起伏,悲壮却不悲伤,也算是近代有卓越才能的人了。

忘忧馆七赋

梁孝王游于忘忧之馆，集诸游士，各使为赋。

枚乘为《柳赋》，其辞曰："忘忧之馆，垂条之木。枝逶迟①而含紫，叶萋萋而吐绿。出入风云，去来羽族。既上下而好音，亦黄衣而绛足。蜩螗②厉响，蜘蛛吐丝。阶草漠漠，白日迟迟。于嗟细柳，流乱轻丝。君王渊穆其度，御群英而玩之。小臣瞽聩③，与此陈词。于嗟乐兮！于是樽盈缥玉之酒，爵献金浆之醪④（梁人作薯蔗酒，名金浆）。庶羞千族，盈满六庖。弱丝清管，与风霜而共雕。枪锽⑤啾唧，萧条寂寥。俊乂英旄⑥，列襟联袍⑦。小臣莫效于鸿毛，空衔鲜而嗽醪。虽复河清海竭，终无增景于边撩。"

路乔如为《鹤赋》，其辞曰："白鸟朱冠，鼓翼池干。举修距而跃跃，奋皓翅之翾翾⑧。宛修颈而顾步，啄沙碛而相欢。岂忘赤霄之上，忽池篽⑨而盘桓。饮清流而不举，食稻粱而未安。故知野禽野性，未脱笼樊，赖吾王之广爱，虽禽鸟兮抱恩。方腾骧而鸣舞，凭朱槛而为欢。"

公孙诡为《文鹿赋》，其词曰："麀鹿濯濯⑩，来我槐庭。食我槐叶，怀我德声。质如缃绨⑪，文如素綦。呦呦相召，《小雅》之诗。叹丘山之比岁，逢梁王于一时。"

邹阳为《酒赋》，其词曰："清者为酒，浊者为醴⑫；清者圣明，浊者顽骏⑬。皆曲湑丘⑭之麦，酿野田之米。仓风莫预，方金未启。嗟同物而异味，叹殊才而共侍。流光醇醇⑮，甘滋泥泥。醪酿既成，绿瓷既启。且筐且漉，载酋载齐。庶民以为欢，君子以为礼。其品类，则沙洛渌酃，乌程、若下，高公之清。关中白薄，清渚萦停。凝醳醇酎，千日一醒。哲王临国，绰矣多暇。召皤皤⑯之臣，聚肃肃之宾。安广坐，列雕屏，绡绮为席，犀璩为镇。曳长裾，飞广袖，奋长缨。英伟之士，莞尔而即之。君王凭玉几，倚玉屏。举手一劳，四座之士，皆若哺粱肉焉。乃纵酒作倡，倾碗覆觞。右曰宫申，旁亦徵扬。乐只之深，不吴不狂。于是锡名饵，袪⑰夕醉，遣朝酲⑱。吾君寿亿万岁，常与日月争光。"

公孙乘为《月赋》，其辞曰："月出皦兮，君子之光。鹍鸡⑲舞于兰渚，蟋蟀鸣于西堂。君有礼乐，我有衣裳。猗嗟明月，当心而出。隐员岩而似钩，蔽修堞而分镜。既少进以增辉，遂临庭而高映。炎日匪明，皓璧非净。躔度运行，阴阳以正。文林辩囿，小臣不佞。"

羊胜为《屏风赋》，其辞曰："屏风鞈匝⑳，蔽我君王。重葩累绣，沓璧连璋。饰以文锦，映以流黄。画以古列，颙颙昂昂。藩后宜之，寿考无疆。"

韩安国作《几赋》，不成，邹阳代作，其辞曰："高树凌云，蟠纡烦冤，旁生附枝。王尔公输之徒，荷斧斤，援葛藟，攀乔枝。上不测之绝顶，伐之以归。眇者督直，聋者磨砻。齐贡金斧，楚入名工，乃成斯几。离奇仿佛，似龙盘马回，凤去鸾归。君王凭之，圣德日跻。"

邹阳、安国罚酒三升，赐枚乘、路乔如绢，人五匹。

【注释】

① 逶（wēi）迟：弯曲下垂的样子。

② 蜩螗（tiáo táng）：也作"蜩螳"，蝉的别名。

③ 瞽聩（gǔ kuì）：眼睛瞎，耳朵聋，比喻见闻少。

④ 醪（láo）：带糟的醇酒。

⑤ 枪锽（huáng）：象声词，形容大声。

⑥ 俊乂（yì）：有超人的德行与才能的人。英旄（máo）：又作"英髦"，英俊之士。

⑦ 列襟联袍：形容人才众多，比比皆是。襟、袍，皆是衣着，此处借指在场的诸多游士宾客。

⑧ 辗辗（zhǎn）：形容迅飞的样子。

⑨ 籞（yù）：禁苑。

⑩ 麀（yōu）：母鹿。濯濯（zhuó）：肥泽的样子。

⑪ 缃缛（xiāng rù）：浅黄色的被褥。缃，浅黄色。缛，通"褥"。

⑫ 醴（lǐ）：带糟的甜酒。

⑬ 顽骏（ái）：愚钝呆滞。

⑭ 湒（jí）丘：野田，泛指种植稻麦的田地。

⑮ 醳醳（yì）：醇酒清得发亮的样子。

⑯ 皤皤（pó）：鬓发斑白、白发苍苍的样子。

⑰ 袪（qū）：同"祛"，除去，驱逐。

⑱ 酲（chéng）：酒醉后引起的病态。

⑲ 鹍（kūn）鸡：传说中的一种大鸟，形似天鹅，是吉祥的象征。

⑳ 轕匝（gé zā）：围绕的样子。

【译文】

梁孝王在忘忧馆游玩时,召集了许多游士,让他们各自作赋。

枚乘创作了《柳赋》,它的内容是这样的:"忘忧馆中,有一株垂柳树,它枝条弯曲,略带紫色,树叶茂盛,吐翠露绿。风和云在枝叶间穿过,鸟儿们来来往往。群鸟上下跳跃,叫声悦耳,也有些黄羽红爪。夏蝉尖声鸣,蜘蛛吐蛛丝。台阶之上满布青草,阳光灿烂又暖和。啊!细柳哇,风里飘摇的轻丝。君王深沉宽厚,带着众臣子在这里赏柳树。微臣我没什么见识,眼瞎耳聋,却有幸在这里陈述我的文辞。啊!多么快乐呀!酒樽倒满了浅黄色的美酒,酒爵献上了金色的浆酒(梁人制作的甘蔗酒,名叫金浆)。君王的厨房美味佳肴种类繁多。纤细的丝竹清音,像风霜般突然不再喧嚣。枪锽啾唧声响起来,在萧条寂寥中回荡。比肩接踵,出入都是俊杰英豪。小臣我不能尽绵薄之力,白白享用这美酒佳肴。即使河水清澈,海水干涸,也终究不能为君王增光丝毫。"

路乔创作了《鹤赋》,它的内容是这样的:"白鸟头上带有红冠,在池边扇动翅膀。它举爪急于飞走,奋力展开洁白的羽翼快速飞上天空。它弯下长长的脖颈,一边走一边看,啄食沙滩上的食物,追逐喧闹。难道它忘记曾经在高空中飞翔,如今只在这禁苑的池边逗留徘徊?它喝着清清的溪水却难以高飞,食用稻谷却仍不安分。故而知道,这野禽还保留着野性,未能摆脱囚笼的拘束。幸亏我们的君王那么慈爱,就算是禽鸟也感念您的恩典。它们正奔跃鸣叫,翩翩起舞,倚着朱红的栏杆尽情欢愉。"

公孙诡创作了《文鹿赋》,它的内容是这样的:"那母鹿多么肥美，来到这种有槐树的院落。吃着槐树的树叶，感念我的美名。它们的毛发啊，就像是浅黄的被褥，身上的花纹如同纵横交错的白色棋盘。呦呦鹿鸣，呼唤宾客，不由让人联想到《小雅》中的诗篇。可叹我在山林里隐居多年，现在总算遇到了君上。"

邹阳创作了《酒赋》，它的内容是这样的："清澈的那些称作酒，浑浊的那些称作醴。清澈的那些就像人的圣明，浑浊的那些就像人的愚钝。酒曲用的全是曲浔丘的麦子，酒料用的全是野田的稻米。别让春天的风透进酒瓮，一直到金秋也别轻易开启。可叹同样的东西却生出不同的味道，可叹拥有不同才华的人都共同侍奉君王。美酒清洌又泛光，甘美的滋味让人着迷。醇酒既已酿成，就打开绿色瓷瓮。用筐子一遍遍滤出美酒，一边滤酒一边调配。百姓们饮酒寻求欢乐，君子们饮酒讲究礼仪。提到酒的类别，有沙洛渌酃，乌程、若下，高公酿的酒纯清。关中的白薄，颜色清碧晶莹。这些经过多次酿制的美酒，能让喝过的人大醉千日。贤明的君王临国时，有很多空闲时间。他召集忠直的臣子和宾客，在宽敞的座位上安坐，并陈列出雕花屏风，用绸缎做席子，用犀牛角做镇纸。拖动长长的衣襟，舞动起宽大的衣袖，摆动着脖子上长长的帽缨。英俊伟岸的宾客，各自微笑就席。君王靠着玉几，倚着玉屏风，做出慰劳的手势，四座宾客都仿佛享用了美味佳肴。于是他们纵情畅饮美酒，放声歌唱，碗中倒满，杯里喝光。左右演奏，乐声悠扬。深深沉浸在这欢乐之中，不大声喧哗，也不太过轻狂。君王赐予名贵的美食佳肴，驱逐黄昏之时的醉意，遣送早晨酒后昏沉的感觉。愿我君王寿命亿万年，经常与日月争光辉。"

公孙乘创作了《月赋》，它的内容是这样的："月亮升起是如此皎洁，君子所修之德恰似月光。鹍鸡在兰渚间起舞，蟋蟀在西堂里鸣叫。君王用礼乐来招徕宾客，我也有礼有节地陪侍君王。啊！明月当空，出现在天中，隐藏在岩石后面，像钩子一样，被长长的城墙遮掩，又像是破裂的镜子。只要稍稍升起增加光辉，就能高高照耀庭院。烈日不如它明亮，皓白的玉璧不如它明净。它按照轨道运行，阴阳调和有序。在这么多文人辩士面前，小臣我深感才华不足。"

羊胜创作了《屏风赋》，它的内容是这样的："屏风团团围绕，遮掩着君王。重重花朵累累绣，块块玉璧连玉璋。装饰着带花纹的锦缎，衬托的底色褐黄。屏风的画中有古贤先烈的图像，他们恭顺庄重，志高气扬。如此屏风最适合我们的君王，祝君王万寿无疆。"

韩安国要创作一篇《几赋》，但没有成功，邹阳帮他创作一篇，内容是这样的："高树直耸入云端，枝干盘旋升向天，旁边还长着附属枝条。王尔公输的徒弟们拿着斧头和锯子，攀爬着藤蔓和树枝，爬上了不知有多高的树顶，劈下这段木头带了回来。让单眼失明的工匠把木头削平直，让双耳失聪的工匠用磨盘打磨。齐国贡献了金斧，楚国遣来了名匠，才造出了这张几。它外形奇特，俨然巨龙盘踞，骏马回转，凤凰飞去又归来。君王倚靠着它，圣德日益完满。"

结果，邹阳、韩安国被罚喝三升酒，枚乘、路乔每人得到五匹绢的赏赐。

五侯进王

梁孝王入朝,与上为家人之宴,乃问王诸子,王顿首①谢曰:"有五男。"即拜为列侯,赐与衣裳器服。王薨②,又分梁国为五,进五侯皆为王。

【注释】

① 顿首:古代的一种跪拜礼,即头叩地而拜。

② 薨(hōng):诸侯或有爵位的大官去世。

【译文】

梁孝王进入朝廷,随皇帝共赴家宴。皇帝询问梁孝王有几个儿子,梁孝王跪在地上叩拜,回答说:"有五个儿子。"皇帝随即封梁孝王的儿子们为列侯,并赐衣服和器具。梁孝王死后,皇帝又把梁国一分为五,将五位侯爵晋升为王。

《春宴图》(局部)
(宋)佚名　收藏于北京故宫博物院

河间王客馆

河间王德①筑日华宫,置客馆二十余区,以待学士。自奉养不逾②宾客。

【注释】

① 河间王德:即河间献王刘德,汉景帝的儿子,汉武帝同父异母的弟弟。

② 逾:越过,超过。

【译文】

河间王刘德营建了日华宫,并设立二十多个客馆,用以招待学士。他自己的生活待遇也没有超过这些宾客。

年少未可冠婚

梁孝王子贾从朝,年幼,窦太后欲强冠婚之①。上谓王曰:"儿堪冠矣。"王顿首谢曰:"臣闻《礼》二十而冠,冠而字,字以表德。自非显才高行,安可强冠之哉?"帝曰:"儿堪冠矣。"余日,帝又曰:"儿堪室矣。"王顿首谢曰:"臣闻《礼》三十壮有室。儿年蒙悼②,

未有人父之端，安可强室之哉？"帝曰："儿堪室矣。"余日，贾朝，至阃而遗其舄③，帝曰："儿真幼矣。"白太后未可冠婚之。

【注释】

① 窦太后：汉文帝的皇后，汉景帝与梁孝王的生母。赵清河观津（今河北武邑东南）人。冠：冠礼。

② 蒙悼：年幼，幼稚。蒙，童蒙。悼，年幼者。《礼记·曲礼上》："七年曰悼。"

③ 阃（kǔn）：门槛。舄（xì）：古代一种复底鞋，用丝绸作面，履下再加一层木底。

【译文】

梁孝王之子刘贾，跟随父亲前去觐见。他年纪尚轻，窦太后打算强行给他加冠，还让他结婚。皇帝告诉梁孝王："你的儿子已经可以加冠了。"梁孝王跪地而拜，回答说："我听闻《礼记》中说是二十岁加冠，加冠后才能取字，而且字是用来表明德行的。除非他才华出众、品行高尚，否则怎么能强行给他加冠呢？"过了几天，皇帝又说："你的儿子已经可以成家立室了。"梁孝王跪地而拜，回答说："我听闻《礼记》中说三十岁壮年后方可成立家室。犬子年幼，还没有为人父的资格，怎么能强行给他成立家室呢？"过了几天，刘贾来觐见，过门槛儿的时候竟然把鞋子弄掉了，于是皇帝对梁孝王说："你儿子的确还年幼啊！"于是皇帝对太后说还不能让刘贾加冠结婚。

劲超高屏

江都王①劲捷,能超七尺屏风。

【注释】

① 江都王:即江都易王刘非,汉景帝的儿子,母亲是程姬。

【译文】

江都王刘非矫健敏捷,能跳过七尺高的屏风。

竹院品古
选自《人物故事图》 (明)仇英 收藏于北京故宫博物院

我国屏风文化源远流长,《史记·孟尝君列传》中记载:"孟尝君待客座语,而屏风后常有侍史,主记君所与客语。"一开始主要是贵族阶级使用,随着时代的发展,屏风被使用广泛,且种类渐多,出现了插屏、挂屏、炕屏、桌屏等,起到分隔空间、美化环境等作用。

元后燕石文兆

元后①在家，尝有白燕衔白石，大如指，坠后绩筐②中。后取之，石自剖为二，其中有文曰"母天地"。后乃合之，遂复还合，乃宝录焉。后为皇后，常并置玺笥③中，谓为天玺④也。

【注释】

① 元后：汉元帝的皇后，成帝的生母，父兄子侄皆贵显。

② 绩筐：纺绩时用以盛纱缕的筐。

③ 玺笥（xǐ sì）：收藏玉玺印的方形器具。笥，盛饭或放置衣物的方形竹器。

④ 天玺：即上文所说的奇异的白色石头。

【译文】

元后未出嫁时，曾经看到一只白燕叼着一块白色的石头。那石头大约有手指那么大，掉进了她的针线筐里。元后取出石头，发现它裂成了两半，中间写着"母天地"三个字。元后将两半石头合起来，石头竟恢复了原样，于是便把它当作宝贝收藏起来。当上皇后后，她常常把它放在印盒里，并称其为"天玺"。

玉虎子

汉朝以玉为虎子^①，以为便器，使侍中执之，行幸^②以从。

【注释】

① 虎子：小便器的代称，因形状像虎而得名。

② 行幸：古代专指皇帝出行。

【译文】

在汉朝，人们将玉石雕刻成虎子的形状作为小便器，让侍中拿着，皇帝出行时侍中随行。

《出警入跸图》（局部）
（明）佚名　收藏于中国台北故宫博物院

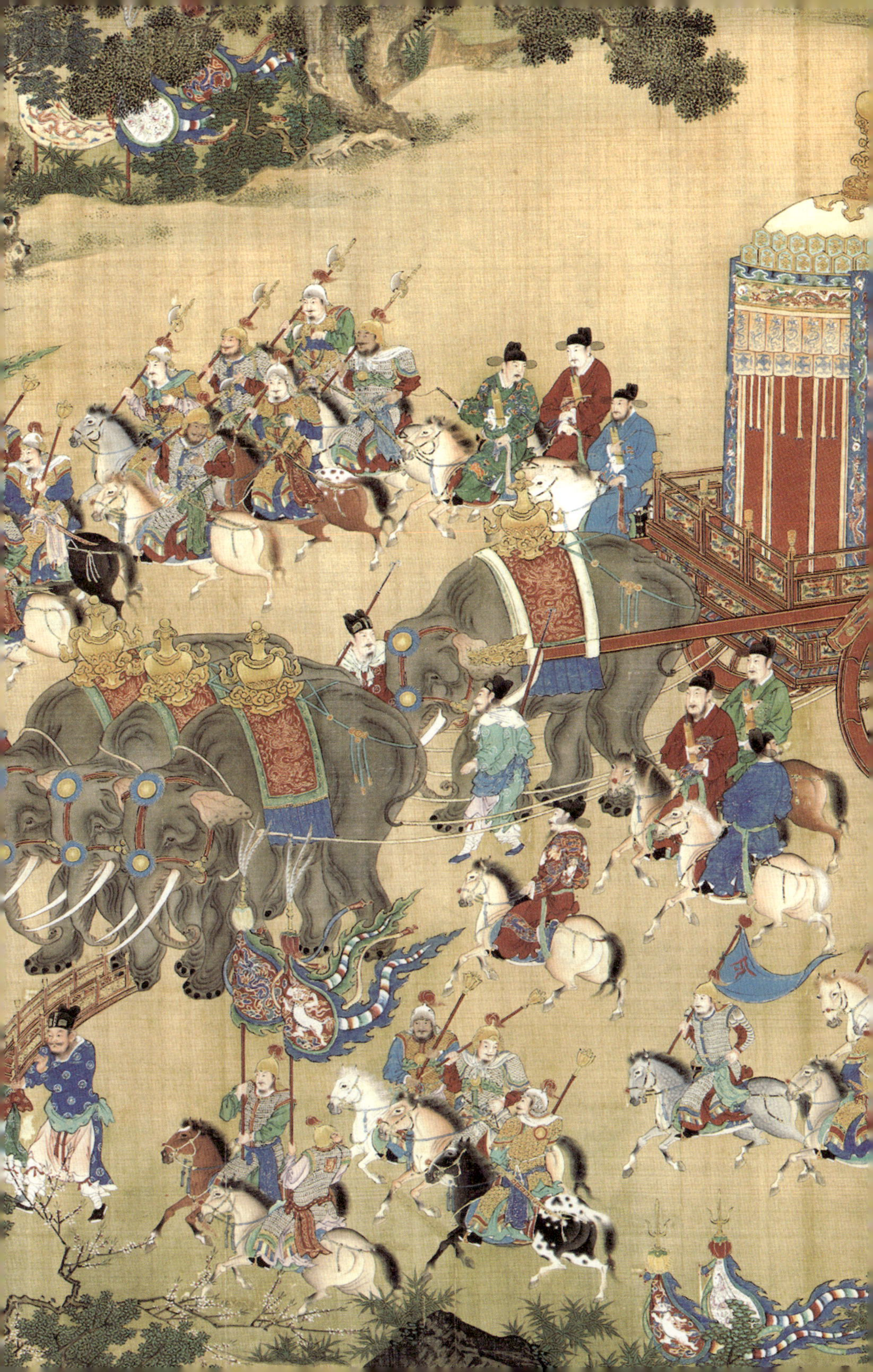

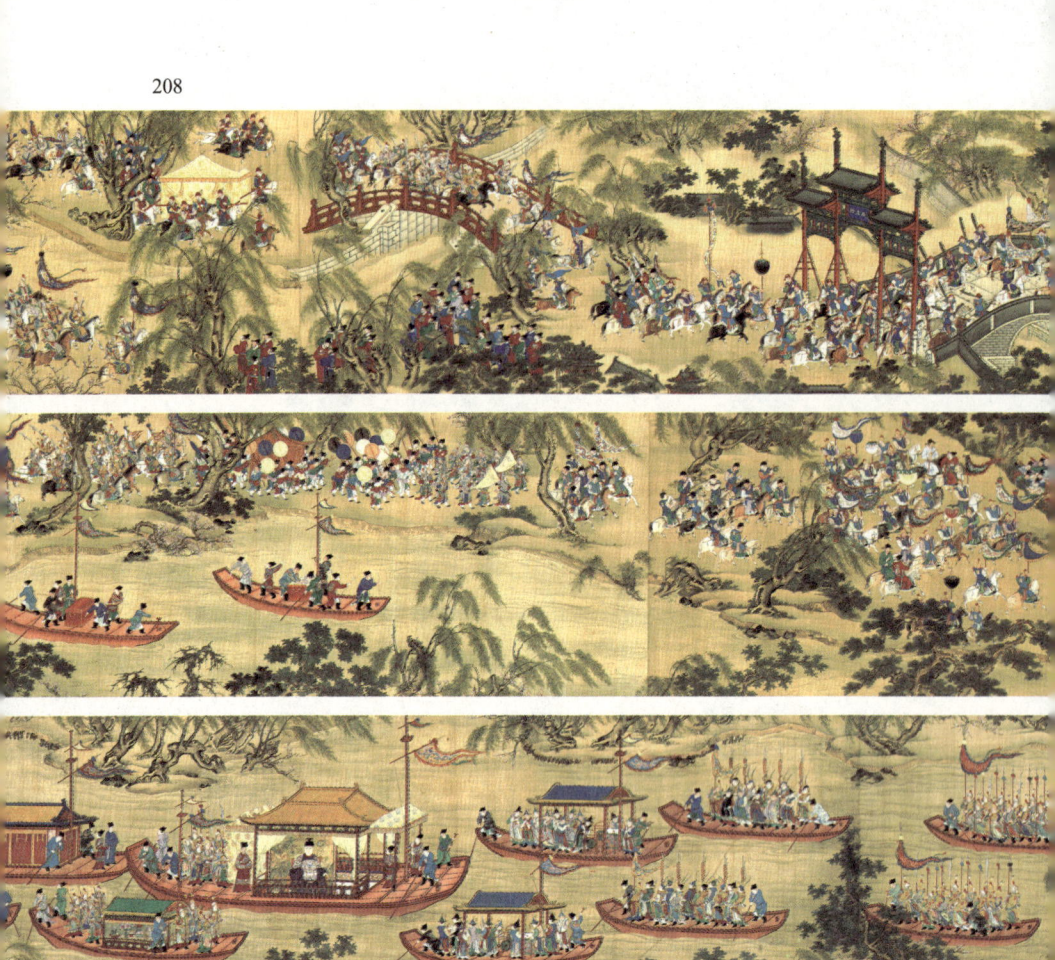

《出警入跸图》

（明）佚名　收藏于中国台北故宫博物院

该图包括《出警图》与《入跸图》，为明朝帝王到十三陵祭拜先祖往返的两个场景。

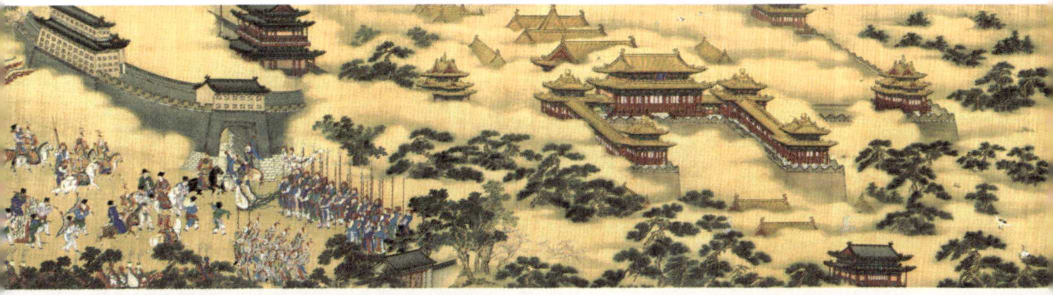

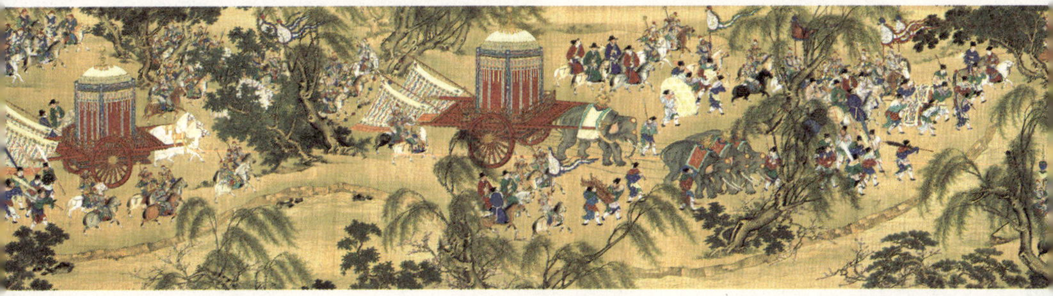

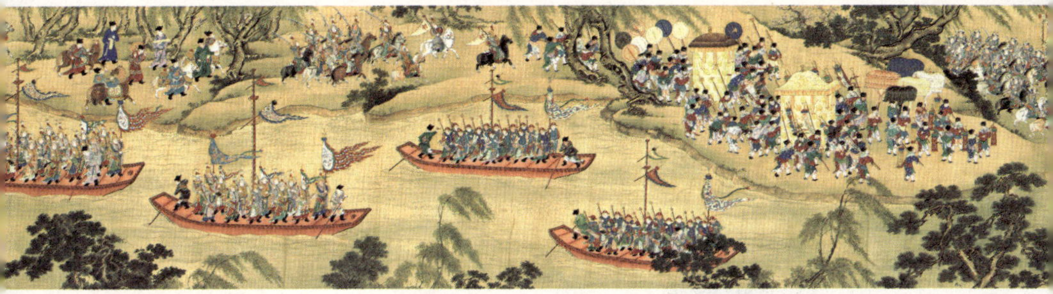

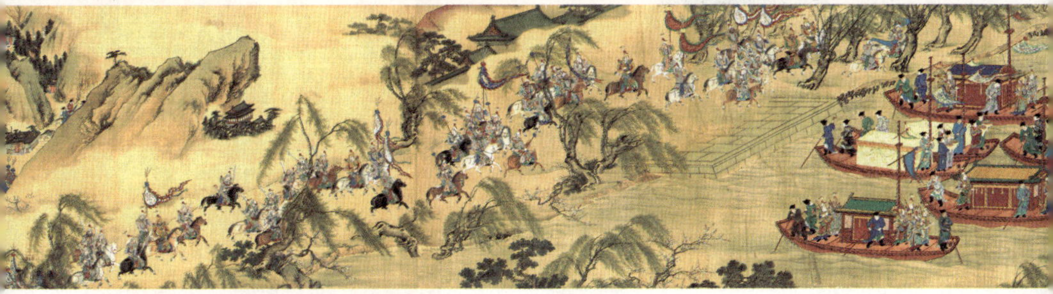

紫泥

中书以武都紫泥为玺室^①,加绿绨其上。

【注释】

① 武都:汉朝郡名,设置于汉武帝元鼎六年(前111年),在今甘肃省西和县西南。紫泥:汉代时天子的印玺皆以紫泥封之。

【译文】

中书令用武都县的紫泥作为玺室,上面蒙着绿色的丝布。

清代二十五宝玺(之二)
收藏于北京故宫博物院
"皇帝奉天之宝"及钤本,碧玉盘龙纽。"以章奉若",寓意皇帝顺天。

大清受命之宝	大清嗣天子宝
檀香木"皇帝之宝"	皇帝之宝
皇帝尊亲之宝	天子之宝
皇帝行宝	皇帝信宝

文固阳射雉

茂陵文固阳，本琅琊人，善驯野雉①为媒，用以射雉。每以三春之月，为茅障以自翳②，用䴂矢③以射之，日连百数。茂陵轻薄者化之，皆以杂宝错厕翳障，以青州芦苇为弩矢，轻骑妖服，追随于道路，以为欢娱也。阳死，其子亦善其事。董司马好之，以为上客。

【注释】

① 野雉（zhì）：野鸡。媒：媒介，这里指以雉为诱饵引诱其他雉前来，以伺机捕捉。

② 翳（yì）：遮蔽，障蔽。

③ 䴂（huà）矢：箭名。

【译文】

茂陵县有个文固阳，原为琅琊人，善于驯养野鸡当鸟媒，用来帮助他射猎野鸡。每年三月，他会制作茅草遮挡物用来隐藏自己，然后用䴂矢箭射野鸡。他每天可以接连射中几百只野鸡。茂陵那些轻浮的人改了改他的法子，用各种珍宝交杂来做遮挡物，用青州的芦苇做弩弓和箭，骑着轻便的马，穿着华艳的衣服，在路上追逐打闹，以此为乐。文固阳死后，他的儿子也善于做这样的事。董司马非常喜欢这种活动，并把文固阳的儿子当作了上客招待。

《杏花双雉图》
(清)尤萃
收藏于安徽省博物馆

鹰犬起名

茂陵少年李亨,好驰骏狗,逐狡兽①,或以鹰鹞逐雉兔,皆为之佳名。狗则有修毫、厘睫、白望、青曹之名,鹰则有青翅、黄眸、青冥、金距之属,鹞则有从风鹞、孤飞鹞②。杨万年有猛犬,名青驳,买之百金。

【注释】

① 狡兽:矫健凶猛的野兽。狡,传说中的兽名,这里形容凶暴狂戾。

② 鹞(yào):鸟名,猛禽的一种,比鹰稍小。

【译文】

茂陵有个名叫李亨的少年,喜欢带着猎犬去追捕矫健凶猛的野兽,有时则用鹰鹞去追捕野鸡、野兔。他为这些鹰鹞和猎犬都取了好名字。猎犬的名字有修毫、厘睫、白望、青曹等;鹰的名字有青翅、黄眸、青冥、金距等;鹞则叫从风鹞、孤飞鹞。杨万年有一条凶猛的猎犬,名叫青驳,买下它时花了百金。

▶《苍鹰捕雉图》
(宋)黄居寀 收藏于美国圣路易斯艺术博物馆

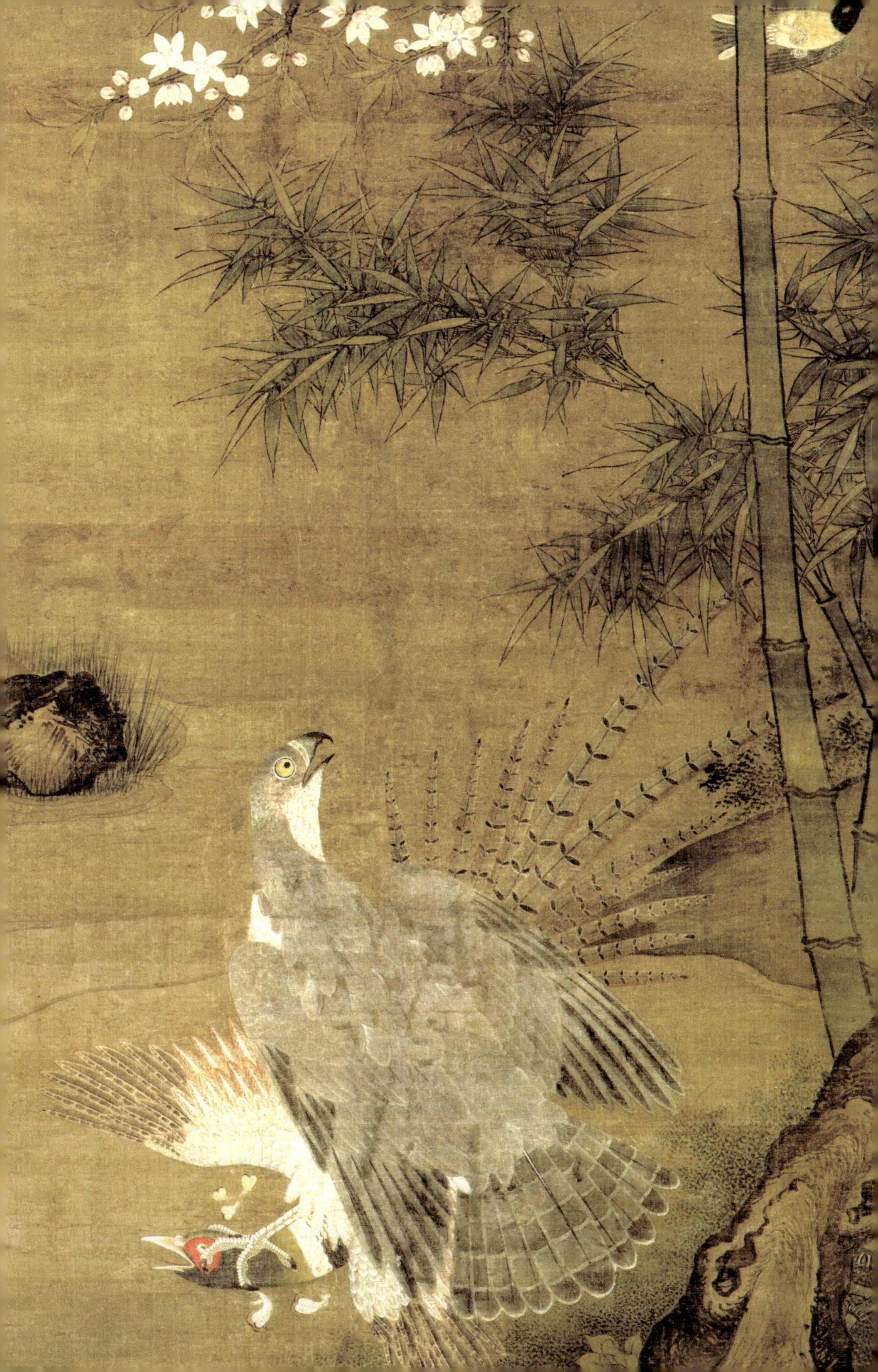

长鸣鸡

成帝时,交趾、越嶲献长鸣鸡①,伺鸡晨,即下漏验之,晷刻无差。鸡长鸣则一食顷不绝,长距②善斗。

【注释】

① 交趾:一般指汉代越南附近的地区。越嶲(xī):汉代郡名,元鼎六年(前111年)武帝平定西南夷后所设置。

② 距:一般专指雄鸡鸡爪后面突出的像脚趾的地方。

【译文】

汉成帝在位时,交趾和越嶲进献了一种长鸣鸡。等到这种长鸣鸡报了晨晓,就用漏壶来验证,发现在时间上果然分毫不差。这只鸡可以持续鸣叫,一顿饭的时间内不停歇,而且它长距善斗。

博昌善陆博

许博昌,安陵人也,善陆博①。窦婴好之,常与居处。其术曰:"方畔揭道张,张畔揭道方,张究屈玄高,高玄屈究张。"又曰:"张道揭畔方，方畔揭道张，张究屈玄高，高玄屈究张。"三辅儿童皆诵之。法用六箸②，或谓之究，以竹为之，长六分。或用二箸。博昌又作《大博经》一篇，今世传之。

【注释】

① 陆博：即六博，中国古代的一种棋类游戏，共有十二颗棋子，六个黑色，六个白色。

② 六箸：古代博具，类似于如今的骰子。

【译文】

安陵人许博昌，擅长玩陆博。窦婴也爱玩这种游戏，常跟许博昌同住一处。许博昌的游戏秘诀是："方畔揭道张，张畔揭道方，张究屈玄高，高玄屈究张。"另外还有："张道揭畔方，方畔揭道张，张究屈玄高，高玄屈究张。"那时候，三辅的孩童都会背诵这些口诀。玩陆博游戏需要使用六根筷子，有的人叫它"究"，是用竹子做的，长度为六分，也有人使用两根筷子。许博昌还撰写了一部《大博经》，现在还在世上流传。

《内人双陆图》（局部）
（唐）周昉　收藏于中国台北故宫博物院

东晋张湛记载："'击博'即'击打也'，如今双陆棋也。"周祈《名义考》中记载："双陆，古谓之十二棋，又谓之六博。"因而推断六博就是双陆，或是经过发展后的双陆。

战假将军名

高祖与项羽战于垓下①,孔将军居左,费将军居右,皆假②为名。

【注释】

① 垓(gāi)下:古地名,在今安徽省灵璧县东南。前202年,刘邦的汉军和项羽的楚军在垓下交战,最终汉军大胜,项羽自刎而死,楚国灭亡。

② 假:假托。

【译文】

汉高祖与项羽在垓下决战,说有孔将军站在左边,费将军站在右边,二者都是假名。

虞姬像
选自《古代美人图》 (清)周培春 收藏于俄罗斯圣彼得堡大学东方图书馆

虞姬,别称虞美人,项羽爱姬。刘邦项羽决战时,虞姬为了免去项羽的后顾之忧,于乌江拔剑自尽。虞姬死后,项羽抱着她向南奔走,结果在路上遇到追兵,项羽只好将她的尸体放下自己逃走。如今,当时放有虞姬尸体的地方被叫做"霸离铺",而其所在的村庄就改名叫作"虞姬村"。

东方生善啸

东方生①善啸,每曼②声长啸,辄尘落帽。

【注释】

① 生:尊称,"先生"的省称,指有才学的人。

② 曼:长。

【译文】

　　有个东方先生很会打口哨,每次发出长长的哨声后,就会有灰尘落到帽子上。

《高士图》卷
(明)唐寅　收藏于中国台北故宫博物院

古生杂术

京兆有古生者，学纵横、揣摩、弄矢、摇丸、樗蒲①之术，为都掾史四十余年，善诒谩②。二千石随以谐谑，皆握其权要，而得其欢心。赵广汉为京兆尹，下车而黜③之，终于家。京师至今俳戏皆称古掾曹。

【注释】

① 樗蒲（chū pú）：古代的一种游戏，似掷骰子，后也为赌博的通称。

② 诒谩（yí màn）：欺诈。

③ 黜（chù）：降职或罢免。

【译文】

京兆有个古先生，学了纵横、揣摩、弄矢、摇丸、樗蒲等很多杂术。他当了四十几年的都掾史，最擅长欺上瞒下。对于俸禄在二千石的官员，他都敢随意开玩笑。他把这些人的机要之事全掌握在手里，还能讨他们的欢心。后来赵广汉做了京兆尹，一到任就罢免了他。他最终死在家里。直到现在，京城的俳戏都叫"古掾曹"。

《杂戏图》
（明）项圣谟

"俳戏"，先秦时期杂戏的称谓，包括百戏、歌舞、傀儡戏等。

娄敬不易旃衣

娄敬始因虞将军请见高祖①,衣旃②衣,披羊裘。虞将军脱其身上衣服以衣之,敬曰:"敬本衣帛,则衣帛见。敬本衣旃,则衣旃见。今舍旃褐,假鲜华,是矫常也。"不敢脱羊裘,而衣旃衣以见高祖。

【注释】

① 娄敬:也叫刘敬,汉代大臣,西汉初年的齐国人。汉高祖五年(前202年),娄敬以戍卒的身份求见刘邦,因建议在关中建都有功,而赐刘姓,拜为郎中,后来被封为关内侯。虞将军:《史记》与《汉书》之刘敬传中皆称"齐人虞将军",其生平不详。

② 旃(zhān):同"毡"。

【译文】

娄敬当初凭借虞将军的引荐才得以拜见汉高祖,他身穿粗纺的布衣,披着羊皮大衣。虞将军把自己的衣服脱下来让他穿,娄敬却说:"我如果本来穿着精美的衣服,就该穿着精美的衣服去拜见;我原本就穿着粗纺布衣,就该穿着这粗纺布衣去拜见。如今你让我脱去粗纺的布衣,换上鲜艳的华服,这是在弄虚作假。"他不愿意脱掉羊皮大衣,仍旧穿着粗纺布衣去拜见汉高祖。

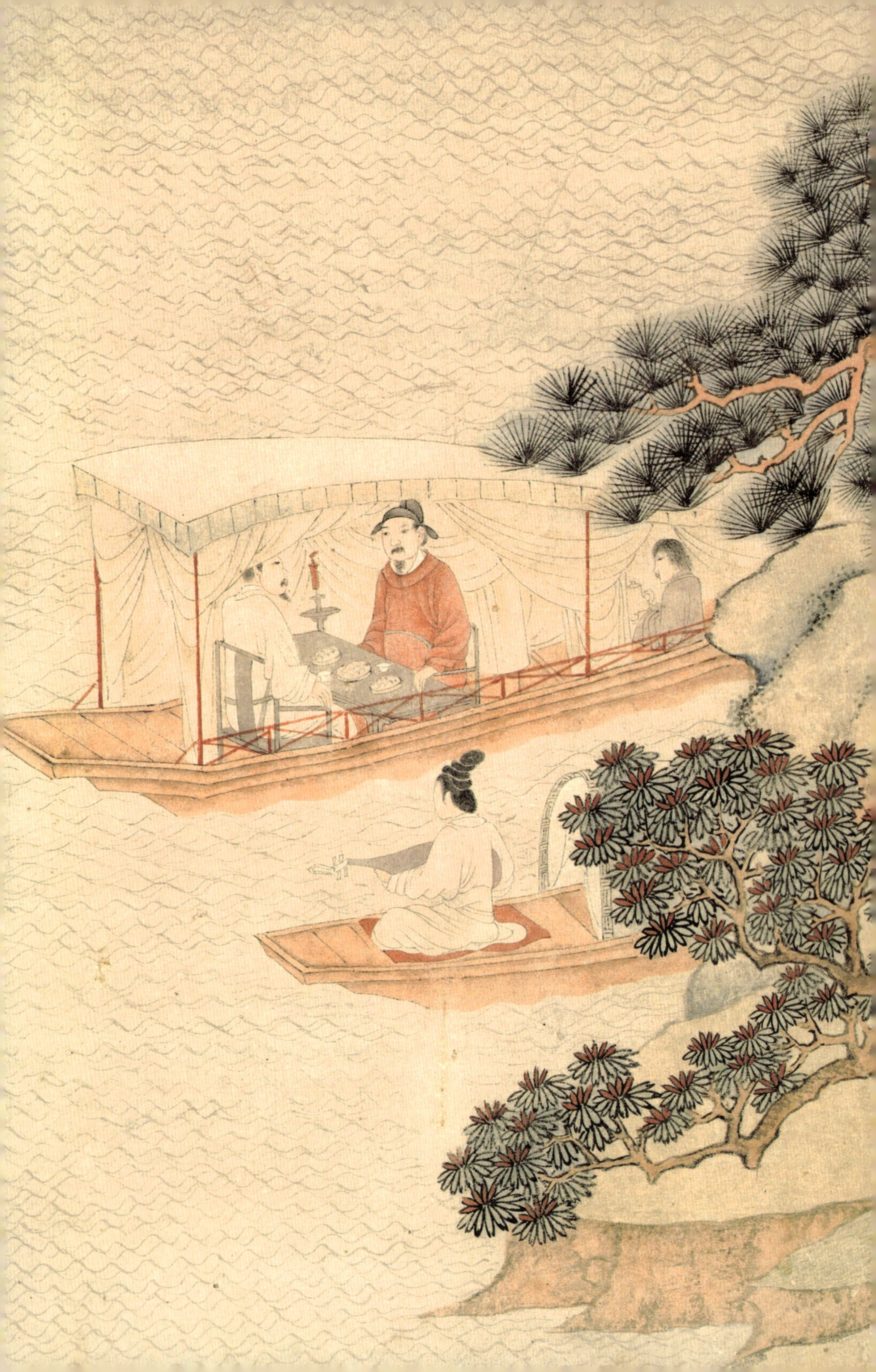

卷 五

　　与前面的四卷相比，卷五及卷六在篇幅上虽缩减较多，但内容依旧丰富。本卷中"董仲舒天象"和"金石感偏"的故事颇为精彩。

　　"董仲舒天象"以鲍敞和董仲舒对话的形式解释了一些天气现象，其中主要阐述了董仲舒的天象理论。董仲舒以"阴阳二气说"解释了寒冷天气的转换、雨雪冰雹的来源，以及万物因阴阳而变的规律。这篇文章论说详细，从中可以看出汉代人对天气现象的理解。

　　"金石感偏"记叙了李广射虎，以及后来误以为石头为老虎而射之的故事。这里的记叙与《史记》中的内容有一致性，但描写更为细致，如"镞破竿折而石不伤"一句，写出《史记》"不能复入石"的具体细节。此外，文中还就李广射类虎石一事问杨雄，及"我"与杨雄的问答中所涉及的陈缟砍形状像鹿一样的石马之事，《史记》《汉书》皆无此内容。

母嗜雕胡

会稽人顾翱，少失父，事母至孝。母好食雕胡饭，常帅子女躬自采撷①。还家，导水凿川，自种供养，每有赢储②。家亦近太湖，湖中后自生雕胡，无复余草，虫鸟不敢至焉，遂得以为养，郡县表其闾舍③。

【注释】

① 撷（xié）：摘下，取下。

② 赢储：剩余，积存。

③ 闾（lǘ）舍：房屋，居室。

【译文】

会稽有个叫顾翱的人，年幼时丧父，他对待母亲十分孝顺。母亲爱吃菰米饭，所以他经常带着儿女亲自去采摘。回到家后，他引水开凿河道，自己种植菰供养母亲，常常还有剩余。他家离太湖很近，后来湖中自然生长出菰，没有其他的杂草，虫鸟也不敢靠近那里，于是他便以此来供养母亲。郡、县在他住的地方张榜赞扬过他。

▶《二十四孝图》（节选）
（清）王素

"孝"是儒家伦理思想的核心。本画册描述了中国古代传统二十四孝子的事迹，宣扬了"百善孝为先"的传统孝道思想。

虞舜孝行感天 　　　　　　老莱子弄彩娱亲

王祥剖冰求鲤 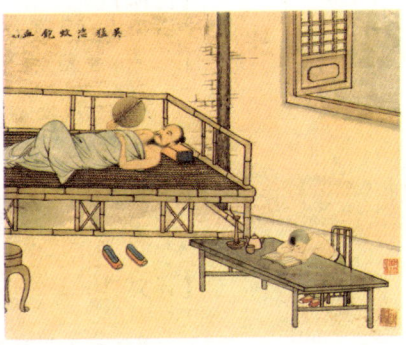　　　　　　吴猛恣蚊饱血

杨香扼虎救父 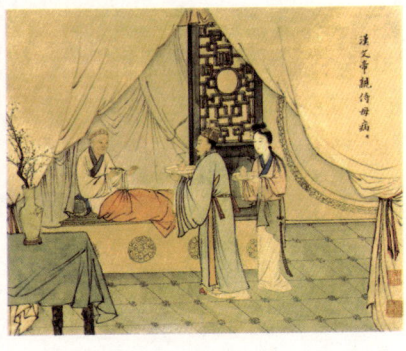　　　　　　汉文帝亲侍母病

琴弹《单鹄寡凫》

齐人刘道强,善弹琴,能作《单鹄寡凫》之弄①,听者皆悲,不能自摄②。

【注释】

① 《单鹄寡凫》:琴曲名,或为写丧偶之悲的曲子。弄:乐曲的一段或一章。

② 自摄:自持。

【译文】

齐国有个叫刘道强的人,善于弹琴,能够演奏《单鹄寡凫》的曲段。听到的人全都感到悲伤,无法自控。

《琴士图》卷
(明)唐寅　收藏于中国台北故宫博物院

赵后宝琴

赵后有宝琴,曰"凤凰",皆以金玉隐起为龙凤螭鸾、古贤列女①之象。亦善为《归风送远》之操②。

【注释】

① 列女:即"烈女",指那些刚正有节操的女子。

② 操:弹奏。

【译文】

赵皇后有一副宝琴,名叫"凤凰",琴上装饰着金和玉,雕有隐约凸起的龙、凤、螭、鸾,还有古代先贤和烈女的图像。赵皇后还擅长弹奏《归风送远》等乐曲。

邹长倩赠遗有道

公孙弘以元光五年为国士所推,上为贤良。国人邹长倩以其家贫,少自资致,乃解衣裳以衣之,释所着冠履以与之,又赠以刍一束、素丝一襚①、扑满一枚,书题遗之曰:"夫人无幽显,道在则为尊。虽生刍之贱也,不能脱落君子,故赠君生刍一束。诗人所谓'生刍一束,其人如玉'。五丝为䌉,倍䌉为升,倍升为𫄧,倍𫄧为纪,倍纪为緵,倍緵为襚②。此自少之多,自微至著也。类士之立功勋,效名节,亦复如之,勿以小善不足修而不为也。故赠君素丝一襚。扑满者,以土为器,以蓄钱具,其有入窍而无出窍,满则扑之。土,粗物也。钱,重货也。入而不出,积而不散,故扑之。士有聚敛而不能散者,将有扑满之败,可不诫欤③?故赠君扑满一枚。猗嗟盛欤④!山川阻修,加以风露。次卿足下,勉作功名。窃在下风,以俟嘉誉。"弘答烂败不存。

【注释】

① 襚(suì):古代丝缕的计量单位。

② 䌉(niè)、𫄧(zhì)、緵(zōng):均为古代丝缕的计量单位。

③ 欤(yú):文言句末语气词,常表示疑问、感叹或反问等语气。

④ 猗嗟(yī jiē):叹词,表示赞叹。

【译文】

　　元光五年（前134年），公孙弘被国士推荐，皇帝也认为他是贤良之士。国人邹长倩认为公孙弘家中贫困，少有收入，于是把自己的衣服脱下来给他穿，并把帽子和鞋子也送给了他，还送给公孙弘一束青草、一襚白丝、一个扑满。送去时，还附带了一封书信，内容是："一个人无论贵贱，只要道德高尚就值得被尊重。即便他像青草般卑贱，也是不能轻慢的君子。因此，我送给你一束新割的青草。这便是诗人们说的'生刍一束，其人如玉'。五根丝是一纑，两纑是一升，两升是一弑，两弑是一缕，两缕是一襚。这便是由少到多，从微小到显著的道理。这就跟士人建立功勋一样，不要因为善举微小而不去做。所以，我送给你一襚白丝。扑满这东西，是用土制成用来存储钱财的器具。它有入口没出口，满了就摔破它。土是粗糙的东西，钱是重要的物品。如果只进不出，只积累不散发，那么最终会被摔破。士人如果只知道聚敛而不知道散发，将会遭受如扑满般破碎的命运，难道不该为此警醒吗？因此，我送给你一个扑满。事情重大呀！山川阻隔，前路遥遥，还有风霜雨露。希望次卿你努力建立功名。我在此静候你美名远扬。"公孙弘的回信腐烂破败，已经不存在了。

《浔阳送客图》
（明）丁云鹏　收藏于美国纽约大都会艺术博物馆

大驾骑乘数

汉朝舆驾①祠甘泉汾阴，备千乘万骑，太仆执辔②，大将军陪乘，名为大驾。

司马车驾四，中道。

辟恶车③驾四，中道。

记道车驾四，中道。

靖室车驾四，中道。

象车，鼓吹十三人，中道。

式道候二人，驾一。（左右一人。）

长安都尉四人，骑。（左右各二人。）

长安亭长十人，驾。（左右各五人。）

长安令车驾三，中道。

京兆掾史三人，驾一。（三分。）

京兆尹车驾四，中道。

司隶部京兆从事、都部从事、别驾一车。（三分。）

司隶校尉驾四，中道。

廷尉驾四，中道。

太仆、宗正引从事，驾四。（左右。）

太常、光禄、卫尉，驾四。（三分。）

太尉外部都督令史、贼曹属、仓曹属、户曹属、东曹掾、西曹掾，驾一。（左右各三。）

太尉驾四，中道。

太尉舍人、祭酒，驾一。（左右。）

司徒列从，如太尉王公，骑。（令史、持戟吏亦各八人，鼓吹一部。）

中护军骑，中道。（左右各三行，戟楯、弓矢、鼓吹各一部。）

步兵校尉、长水校尉，驾一。（左右。）

队百匹。（左右。）

骑队十。（左右各五。）

前军将军。（左右各二行，戟楯、刀楯、鼓吹各一部，七人。）

射声、翊军校尉④，驾三。（左右二行，戟楯、刀楯、鼓吹各一部，七人。）

骁骑将军、游击将军，驾三。（左右二行，戟楯、刀楯、鼓吹各一部，七人。）

黄门前部鼓吹，左右各一部，十三人，驾四。

前黄麾骑，中道。

自此分为八校。（左四右四。）

护驾御史，骑。（左右。）

御史中丞驾一，中道。

谒者仆射驾四。

武刚车驾四，中道。

九斿车⑤驾四，中道。

云罕车驾四，中道。

皮轩车驾四，中道。

阘戟车⑥驾四，中道。

鸾旗车驾四，中道。

建华车驾四，中道。（左右。）

虎贲中郎将⑦车驾二，中道。

护驾尚书郎三人，骑。（三分。）

护驾尚书三，中道。

相风乌车驾四，中道。

自此分为十二校。（左右各六。）

殿中御史骑。（左右。）

典兵中郎骑，中道。

高华，中道。

罼罕⑧。（左右。）

御马。（三分。）

节十六。（左八右八。）

华盖，中道。

自此分为十六校。（左八右八。）

刚鼓，中道，金根车。

自此分为二十校，满道。

左卫、右卫将军。

华盖。（自此后糜烂不存。）

【注释】

① 舆驾：帝后乘坐的车驾。

② 执辔（pèi）：谓手持马缰驾车，引申为驾驭。辔，驾驭牲口的嚼子和缰绳。

③ 辟恶车：秦代仪卫车，通常用来祓除不祥，所以称为"辟恶车"。

④ 射声：即射声校尉，汉武帝所设置的八校尉之一，掌管弓弩部队。翊（yì）军校尉：武职官名，掌管官门宿卫。

⑤ 九斿（liú）车：竖立九旒旌旗之车，为乘舆前驱。

⑥ 阘（xì）戟车：插着长戟的战车，乘舆出行时用作前导。

⑦ 虎贲（bēn）中郎将：官名，郎中令及光禄勋属官，掌管官中宿卫及君王出入侍卫之事。本作期门郎，以保护皇帝安全。

⑧ 罼罕（bì hǎn）：原本是指捕鸟用的网，后来指古代帝王出行时在前面开路的仪仗。

【译文】

汉代帝王乘着车去甘泉和汾阴祭祀的时候，要预备千辆车和万匹马，由太仆驾车控制马缰绳，大将军陪着坐乘，被称为"大驾"。

司马乘坐的车由四匹马拉着，在道路中间。

辟恶车由四匹马拉着，在道路中间。

记道车由四匹马拉着，在道路中间。

靖室令乘的车由四匹马拉着，在道路中间。

象车、鼓吹乐队一共十三人，在道路中间。

式道候二人，坐的车由一匹马拉着。（左右两列各一人。）

长安都尉有四人，骑着马。（左右两列各两人。）

长安亭长共十人，驾着车。（左右两列各五人。）

长安令的车由三匹马拉着，在道路中间。

京兆掾史共三人，由一匹马驾车拉着。(分左中右三列。)

京兆尹的车由四匹马拉着，在道路中间。

司隶校尉部属京兆从事、都官从事，另外驾着一辆车。（分左中右三列。）

司隶校尉的车由四匹马拉着，在道路中间。

廷尉的车由四匹马拉着，在道路中间。

太仆、宗正带着从事，由四匹马驾车拉着。(分左右两列。)

太常、光禄、卫尉，由四匹马驾车拉着。（分三列。）

太尉下属都督令史，贼曹属官，仓曹属官，户曹属官，东曹掾属，西曹掾属，由一匹马拉着。(左右两列，每列三人。)

大尉的车由四匹马拉着，在道路中间。

太尉舍人、祭酒，由一匹马驾车拉着。（分列左右。）

司徒的随从和太尉王公的随从一样，都骑着马。（令史、持戟吏都是各八人，鼓吹乐队一部。）

中护军骑马，在队伍中间。（左右两列，每列三排，戟

《迎銮图》卷
(宋) 佚名　收藏于上海博物馆
画面描绘的是南宋绍兴十二年，曹勋到金朝接宋徽宗及郑皇后的遗体回宋，以及迎接韦太后回朝的场面，画卷中仪仗队阵仗浩大，为后世研究宋朝仪仗队伍，以及礼仪制度提供了参考。

楯、弓矢、鼓吹乐队各一部。）

步兵校尉、长水校尉，由一匹马驾车拉着。（分列左右。）

马队一百匹。（分列左右。）

骑兵十队。（左右列各五队。）

前军将军。（左右两列，每列三排，戟楯、刀楯、鼓吹乐队各一部，共七人。）

射声校尉、翊军校尉，由三匹马驾车拉着。（左右两列，每列两排，戟楯、刀楯、鼓吹乐队各一部，共七人。）

骁骑将军、游击将军，由三匹马驾车拉着。（左右列各二行，戟楯、刀楯、鼓吹乐队各一部，共七人。）

黄门侍郎前部鼓吹乐队，左右列各一部，共十三人，由四匹马驾车拉着。

前黄麾骑马，在中间一列。

从这里开始分为八校。（左右各四校。）

护驾御史骑马。（分列左右。）

御史中丞的车由一匹马拉着，在道路中间。

谒者仆射的车由四匹马驾御。

武刚车由四匹马拉着，在道路中间。

九斿车由四匹马拉着,在道路中间。

云䍐车由四匹马拉着,在道路中间。

皮轩车由四匹马拉着,在道路中间。

阘戟车由四匹马拉着,在道路中间。

鸾旗车由四匹马拉着,在道路中间。

建华车由四匹马拉着,在道路中间。(分列左右。)

虎贲中郎将的车由两匹马驾御,在道路中间。

护驾尚书郎共三人,骑着马。(分三列。)

护驾尚书三人,在道路中间。

相风乌车由四匹马驾御,在道路中间。

从这里开始分为十二校。(左右各六校。)

殿中御史,骑着马。(分列左右。)

典兵中郎,骑着马,在道路中间。

名门望族,在道路中间。

罼罕旗。(分列左右。)

御马。(分三列。)

符节十六副。(左边八副,右边八副。)

华盖,在道路中间。

从此处开始分为十六校。(左边有八校,右边有八校。)

刚鼓,在道路中间。金根车。

从这里开始分为二十校,列满道路。

左卫将军、右卫将军。

华盖。(这之后的内容已不复存在了。)

董仲舒天象

元光元年七月，京师雨雹。鲍敞①问董仲舒曰："雹何物也？何气而生之？"

仲舒曰："阴气胁阳气。天地之气，阴阳相半，和气周回，朝夕不息。阳德用事，则和气皆阳，建巳之月是也，故谓之正阳之月。阴德用事，则和气皆阴，建亥之月是也，故谓之正阴之月。十月阴虽用事，而阴不孤立，此月纯阴，疑于无阳，故谓之阳月。诗人所谓'日月阳止'者也。四月阳虽用事，而阳不独存，此月纯阳，疑于无阴，故亦谓之阴月。自十月已后，阳气始生于地下，渐冉流散，故言息也，阴气转收，故言消也。日夜滋生，遂至四月，纯阳用事。自四月已后，阴气始生于天上，渐冉流散，故云息也，阳气转收，故言消也。日夜滋生，遂至十月，纯阴用事。二月、八月，阴阳正等，无多少也。以此推移，无有差慝②。运动抑扬，更相动薄，则熏蒿歊蒸，而风雨云雾雷电雪雹生焉。气上薄为雨，下薄为雾，风其噫③也，云其气也，雷其相击之声也，电其相击之光也。二气之初蒸也，若有若无，若实若虚，若方若圆。攒聚④相合，其体稍重，故雨乘虚而坠。风多则合速，故雨大而疏。风少则合迟，故雨细而密。其寒月则雨凝于上，体尚轻微，而因风相袭，故成雪焉。寒有高下，上暖下寒，则上合为大雨，下凝为冰霰雪⑤是也。雹，霰之流也，阴气暴上，雨则凝结成雹焉。太平之世，则风不鸣条，开甲散萌而已；雨不破块，润叶津茎而已；雷不惊人，号令启发而已；电不眩目，宣示光耀而已；雾不塞望，浸淫被泊而已；雪不封条，凌殄⑥毒害而已。云则五色而为庆，三色而成斎⑦；露则结味而成甘，结润而成膏。此圣人之在上，则阴阳和，风雨时也。政多纰缪⑧，则阴阳不调。风发屋，雨溢河，雪至牛目，雹杀驴马，此皆阴阳相荡，而为浸涔⑨之妖也。"

敌曰："四月无阴，十月无阳，何以明阴不孤立，阳不独存邪？"

仲舒曰："阴阳虽异，而所资一气也。阳用事，此则气为阳；阴用事，此则气为阴。阴阳之时虽异，而二体常存。犹如一鼎之水，而未加火，纯阴也；加火极热，纯阳也。纯阳则无阴，息火水寒，则更阴矣；纯阴则无阳，加火水热，则更阳矣。然则建巳之月为纯阳，不容都无复阴也。但是阳家用事，阳气之极耳。荠麦枯，由阴杀也。建亥之月为纯阴，不容都无复阳也，但是阴家用事，阴气之极耳。荠麦始生，由阳升也。其著者，葶苈死于盛夏，款冬华于严寒，水极阴而有温泉，火至阳而有凉焰。故知阴不得无阳，阳不容都无阴也。"

敌曰："冬雨必暖，夏雨必凉，何也？"

曰："冬气多寒，阳气自上跻，故人得其暖，而上蒸成雪矣。夏气多暖，阴气自下升，故人得其凉，而上蒸成雨矣。"

敌曰："雨既阴阳相蒸，四月纯阳，十月纯阴，斯则无二气相薄，则不雨乎？"

曰："然则纯阳纯阴，虽在四月、十月，但月中之一日耳。"

敌曰："月中何日？"

曰："纯阳用事，未夏至一日；纯阴用事，未冬至一日。朔旦⑩、夏至、冬至，其正气也。"

敌曰："然则未至一日，其不雨乎？"

曰："然。颇有之，则妖也。和气之中，自生灾涔，能使阴阳改节，暖凉失度。"

敌曰："灾涔之气，其常存邪？"

曰:"无也,时生耳。犹乎人四支五脏,中也有时,及其病也,四支五脏皆病也。"

敞迁延负墙,俛揖而退。

【注释】

① 鲍敞:人名,生平不详,应是慕名向董仲舒求教春秋公羊的学者。

② 差慝(tè):差错。慝,本义为邪恶,这里意为差错。

③ 噎(yì):呼气。

④ 攒(cuán)聚:聚集,丛聚。

⑤ 霰(xiàn)雪:高空的蒸汽遇到冷空气凝结成的没有光泽的圆形小冰粒,即雪珠。

⑥ 凌殄(líng tiǎn):犹消灭。

⑦ 矞(yù):一种被视为祥瑞的彩云。

⑧ 纰缪(pī miù):错误。

⑨ 祲沴(jìn lì):灾害,妖祸。祲,阴阳相侵之气,不祥的预兆。沴,旧谓天地四时之气不和而生的灾害。

⑩ 朔旦:阴历每月初一日。

【译文】

汉武帝元光元年(前134年)七月,京师下起了冰雹。鲍敞问董仲舒:"冰雹是什么东西?是什么气形成的?"

董仲舒回答说："是阴气压制阳气导致的。天地间的气，阴气占一半，阳气也占一半，两种气和合在一起，周而复始，早晚不停。当阳气为主导时，和合气中都是阳气。以地支排序为巳的那个月就是这样，所以称之为正阳之月；当阴气为主导时，和合气中都是阴气，以地支排序为亥的那个月就是这样，所以称之为正阴之月。十月虽然以阴气为主导，但阴气并不孤立，这个月纯为阴气，几乎无阳气，所以称之为阳月。诗人所说的'日月阳止'就是这个意思。四月虽然阳气主导，但阳气并不独存，这个月纯为阳气，几乎无阴气，所以也称之为阴月。从十月开始，阳气在地下开始滋生，并渐渐流散开来，所以说是在生长；而阴气则转而收敛起来，所以说是在消歇。阳气夜以继日地滋生，直到四月，纯粹的阳气占据主导地位。从四月开始，阴气在天上开始生成，并渐渐流散开来，所以说是在生长；而阳气则转而收敛起来，所以说是在消歇。阴气夜以继日地滋生，直到十月，纯粹的阴气占据主导地位。二月和八月，则阴阳两气相当，不多也不少。阴气和阳气就是按照这样的规律周而复始，没有出现过差错。它们上下高低往复运动，相互激荡，气不断地蒸腾着，就产生了风雨、云雾、雷电、雪雹等现象。其中阴阳气上冲为雨，往下压为雾。风是它们呼出的气，云是它们产生的气雾，雷是它们相击产生的声音，电是它们相击产生的火光。两种气刚开始蒸腾时，似有似无，似实似虚，似方似圆。它们聚集在一起后，积累到一定的重量，就变成雨乘虚落下来；风大，结合的速度就快，雨便大而稀；风小，结合的速度就慢，雨便细而密。寒冷的时候，雨点在天上凝结，还很轻很小，遇风就变成了雪。寒气有高低的分别：上面暖和，下面寒冷，则上面合成大雨而下面凝结成雪或者雪珠。冰雹，是一种类似雪珠的东西，如果阴气突然上冲，雨就会凝结成冰雹。在太平盛世，风不会吹断树枝，只会吹得树枝噼啪作响,让新芽萌发出来;雨不会打碎土块,只会润湿树叶,滋润茎干;雷不会惊吓到人,只会发布号令唤醒万物;闪电不会刺眼,只会显示一下自己的光芒;雾不会阻碍人们遥望,只是弥漫开来,使大地浸润在水汽中;雪不会埋没树枝,只会消灭有害的毒虫。云彩呈现五种颜色,称为庆云;呈现三种颜色,称为矞云。露水结成甘露,滋润出肥沃的大地。这是因为圣人在位,所以阴阳调和,风雨适时。如果国家的政事有许多错误时,阴阳就不调和。大风会吹倒房屋,雨水会淹没河堤,雪能下到牛眼睛处,冰雹会砸死驴马,这都是阴阳二气相互冲突而造成的灾害。"

鲍敞问道:"四月没有阴气,十月没有阳气,怎么能说明阴气不孤立存在,阳气不独立存在呢?"

董仲舒回答道:"阴与阳虽然不同,但阴气和阳气本质上是同一种气。当阳气为主导时,这种气就是阳气;当阴气为主导时,这种气就是阴气。虽然阴气和阳气起作用的时间不同,但两者却是常存的。就像一锅水,在没有加火之前,是纯粹的阴;加火变得极热后,就成了纯粹的阳。纯粹的阳中没有阴,在火熄灭后水变凉,则又变成了纯粹的阴;纯粹的阴中没有阳,在加火后水变热,则又变成了纯粹的阳。所以,地支排序在巳的那个月为纯粹的阳,并不意味着完全没有阴存在,只是此时阳气主导,达到极盛罢了。荠麦枯萎了,是被阴气杀死了。地支排序在亥的那个月为纯粹的阴,并不意味着完全没有阳存在,只是此时阴气主导,达到了极盛而已。荠麦开始生长,是因为阳气上升了。举一些明显的例子,比如:葶苈在盛夏死去,款冬在严寒中华丽绽放;水极其阴寒,却也存在温泉;火极其炙热,却也存在凉焰。所以,阴离不开阳,阳也不能完全离开阴。"

鲍敞问道:"冬天下雨必定暖和,夏天下雨必定凉爽,为什么呢？"

董仲舒回答道："冬天的气大多寒冷，阳气从上面上升，所以人们感到温暖，而气向上面蒸腾，就成了雪。夏天的气多半暖热，阴气从下面上升，所以人们感到凉爽，而气向上面蒸腾，就成了雨。"

鲍敞问道："既然雨是阴阳二气相互蒸腾形成，那么在四月纯阳时和十月纯阴时，就没有两种气体相互激荡了，难道就不会下雨了吗？"

董仲舒回答道："纯阳、纯阴虽然在四月、十月出现，但只是指两个月中的某一天。"

鲍敞问道："这两个月中的哪一天呢？"

董仲舒回答道："纯阳为主导，是在夏至的前一天；纯阴为主导，则在冬至的前一天。朔旦、夏至、冬至就是阴阳气纯正的时候。"

鲍敞问道："那么，夏至和冬至的前一天就不下雨吗？"

董仲舒回答道："是的。偶尔也下雨，那就是灾害。阴阳之气在和合之中，自身产生灾害不祥的妖气，能使阴阳违反节令，使寒暖失去平衡。"

鲍敞问道："灾害不祥的妖气是否常存？"

董仲舒回答道："并不是常存的，只是偶尔出现。就像人的四肢五脏，在正常情况下有时候也会生病，在生病时四肢五脏都会受到影响。"

鲍敞退到墙边，俯身作揖，然后离开了。

《夏山欲雨图》
（元）吴镇　收藏于中国台北故宫博物院

郭舍人投壶

武帝时，郭舍人善投壶①，以竹为矢，不用棘也。古之投壶，取中而不求还，故实小豆于中，恶其矢跃而出也。郭舍人则激矢令还，一矢百余反，谓之为骁②。言如博之擎枭于掌中③，为骁杰也。每为武帝投壶，辄赐金帛。

【注释】

① 舍人：古代的一种官职，通常是王公贵官的左右亲信。
   投壶：古时在宴会上玩的一种游戏，放置一个铜制的壶，宾客和主人依次向壶中投箭矢，投中多者胜。

② 骁：勇猛，这里指杰出，超群。

③ 擎（qiān）：握持，比喻手持之固。枭（xiāo）：鸟名，俗称猫头鹰，这用指博头上刻有枭头的棋子。

【译文】

汉武帝时期，郭舍人擅长投壶，用竹子做筹子，不用酸枣木。古人投壶，只是为了投中，而不要求筹子弹回来，所以在壶中装满小豆子，防止筹子弹出去。郭舍人却能让筹子反弹回来，一个筹子能反弹一百多次，被称为"骁"。这就像博戏时手掌中握住了枭一样，被称为"骁杰"。每次为汉武帝投壶，他都会得到金银丝帛的赏赐。

象牙簟

武帝以象牙为簟①,赐李夫人②。

【注释】

① 簟(diàn):竹席,这里泛指席。

② 李夫人:汉武帝的宠妃,她的兄长李延年、李广利皆因她而受到宠信。李夫人生了昌邑哀王刘髆,产后不久便病故,汉武帝哀念不已,作了一首《悼李夫人赋》。

【译文】

汉武帝用象牙做席,赐给李夫人。

汉李夫人像
选自《画丽珠萃秀》册
(清)赫达资 收藏于中国台北故宫博物院

李夫人出生市井,曾是平阳公主府的舞姬,后由平阳公主推荐给汉武帝,汉武帝很宠爱她,在其逝世后命人以皇后的礼仪安葬。

贾谊《鵩鸟赋》

贾谊在长沙，鵩鸟①集其承尘。长沙俗以鵩鸟至人家，主人死。谊作《鵩鸟赋》，齐死生，等荣辱，以遣②忧累焉。

【注释】

① 鵩（fú）：传说中的一种形似猫头鹰的不祥之鸟。

② 遣：排遣。

【译文】

贾谊在长沙时，有一群鵩鸟聚集在他床顶挂的小帐幕上。按照长沙的风俗，如果鵩鸟来到一个人的家，那么这家的主人就会死亡。贾谊写了一篇《鵩鸟赋》，表示要平等对待死生和荣辱，以此来排解忧愁苦累。

贾谊像
[日]佚名
西汉文学家、政论家。

金石感偏

李广与兄弟共猎于冥山之北，见卧虎焉。射之，一矢即毙。断其髑髅①以为枕，示服猛也。铸铜象其形为溲器②，示厌辱之也。他日，复猎于冥山之阳，又见卧虎，射之，没矢饮羽。进而视之，乃石也，其形类虎。退而更射，镞破竿折而石不伤③。余尝以问杨子云，子云曰："至诚则金石为开。"余应之曰："昔人有游东海者，既而风恶，船漂不能制，船随风浪，莫知所之。一日一夜，得至一孤洲，共侣欢然。下石植缆，登洲煮食。食未熟而洲没，在船者斫④断其缆，船复漂荡。向者孤洲乃大鱼，怒掉扬鬣⑤，吸波吐浪而去，疾如风云。在洲死者十余人。又余所知陈缟⑥，质木人也，入终南山采薪，还晚，趋舍未至，见张丞相墓前石马，谓为鹿也，即以斧挝⑦之，斧缺柯折，石马不伤。此二者亦至诚也，卒有沉溺缺斧之事，何金石之所感偏乎？"子云无以应余。

【注释】

① 髑髅（dú lóu）：头盖骨。

② 溲（sōu）器：小便器。

③ 镞（zú）：箭头。竿：箭杆。

④ 斫（zhuó）：用刀、斧等砍。

⑤ 鬣（liè）：马、狮子等动物脖子上长的长毛。

⑥ 陈缟（gǎo）：人名，生平不详。

⑦ 挝（zhuā）：敲，打。

【译文】

　　李广和兄弟们一同在冥山的北边打猎时，发现那里有一只卧着的老虎。李广用箭一射，就把老虎射死了。他割下了老虎的头颅，用它来当枕头，以彰显他降服了猛兽。他又让人铸造了一个老虎形状的铜像，当作小便器，以示对它的厌恶和侮辱。后来有一天，李广在冥山的南边打猎，又发现了一只卧着的老虎。他还是用箭一射，箭羽都没入不见了。他走近去看，发现那只是一块形似老虎的石头。他退后再次射击，结果箭镞碎裂，箭杆折断，石头却毫无损伤。我曾问过杨子云这件事情，杨子云说："心诚至极，金石为之开裂。"我回答说："从前有一个人游览东海，不久刮起暴风，船飘摇起来无法控制，随风逐浪，不知道会去哪里。经过一天一夜，终于到了一处孤立的沙洲上，船上的同伴们很高兴，便下锚固定船只，登岸煮饭。饭还没煮好，沙洲就沉没了。在船上的人赶紧砍断锚绳，船再次漂荡。原来，那个孤洲本就是一条大鱼，它愤怒地掉头，扬起自己的鬣毛，吞波吐浪，游动而去，速度快如风云。在沙洲上死掉的有十几个人。另外，我还知道一个人，名叫陈缟，他性情质朴，有次到终南山上砍柴，回来时已经很晚了，就在他赶着回家却还没到的时候，看见了张丞相墓前的石马塑像。他以为那是一头鹿，就用斧头去砍它。结果，斧子砍出了缺口，斧柄也断了，可石马却毫无损伤。这两拨人都很真诚，最终却遭遇沉溺和斧头损坏的结果。金石之所感偏向哪一方呢？"杨子云无法回答我。

▶《画虎图》（局部）
（元）佚名　收藏于中国台北故宫博物院

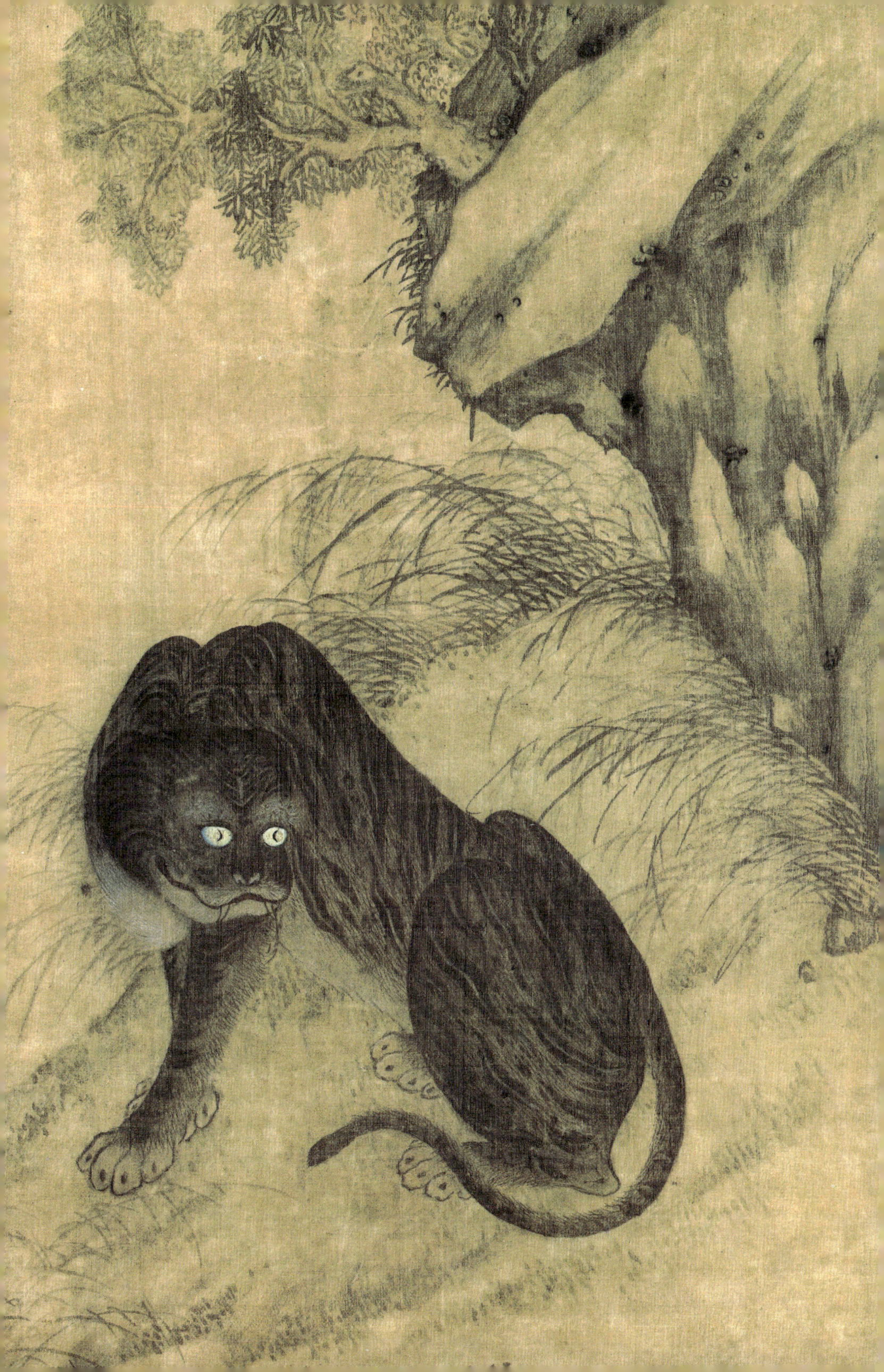

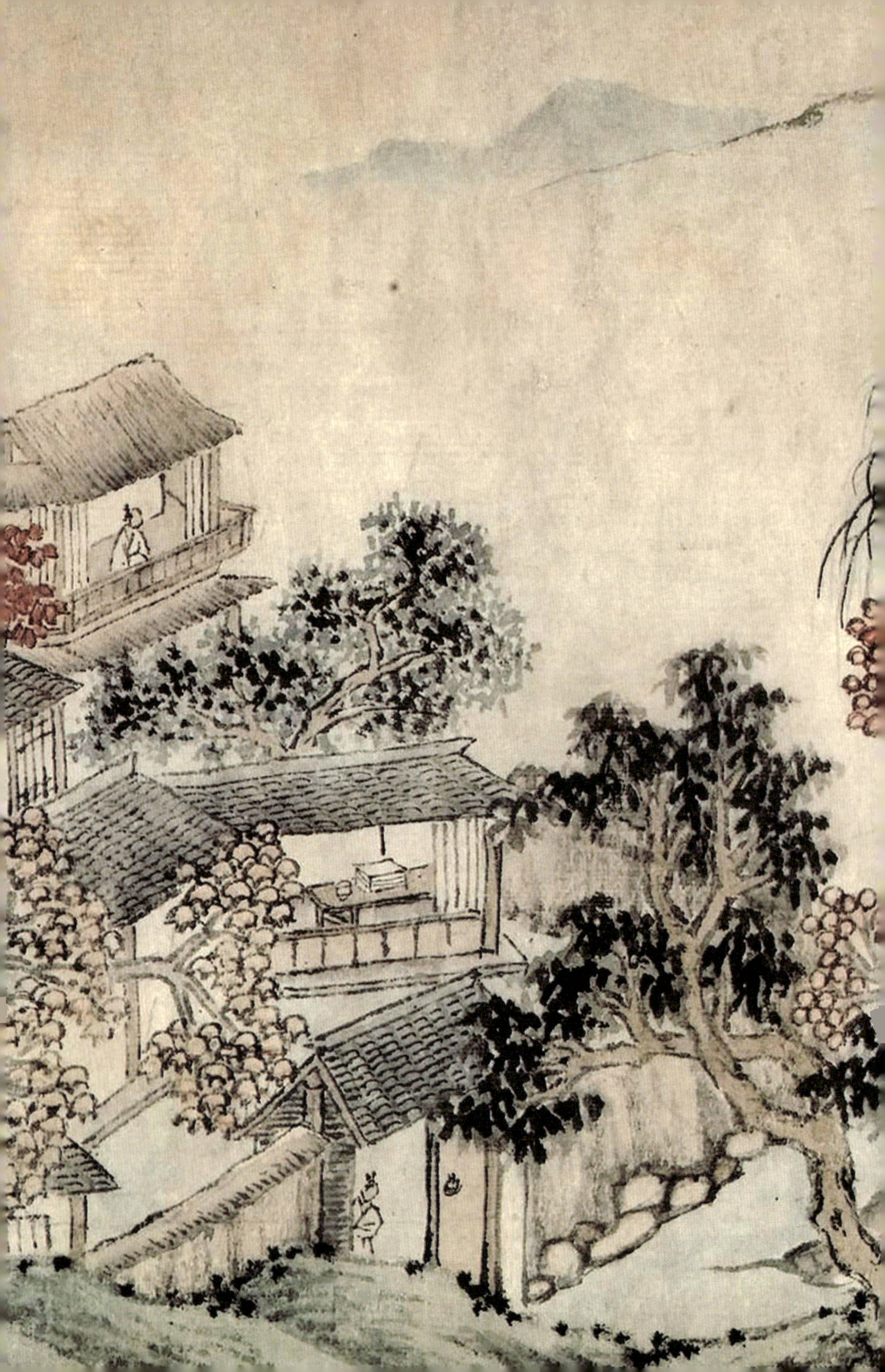

卷 六

《西京杂记》奇人怪事颇多，间杂怪诞传说，如卷三的黄公"坐成山河"，卷四的滕公葬地，再如本卷中的"广川王发古冢"，其中介绍一些广川王挖掘墓穴的情况，部分颇为讲究，陪葬器物尚可，也有一些墓中空空如也。当然，对于名声很差的广川王来说，盗墓仅仅是为了好玩。不过，也有让他感到害怕的时候。比如，盗魏王子且渠的墓时，他看到墓中尸体的肌肤头发、手脚牙齿与活人无异，居然慌忙逃离。最奇异的是，在盗栾书墓后，他夜里做梦被一白须老者杖击，醒来左脚肿痛生疮，至死未痊愈。

另外，本卷最后一篇"驰象论秋胡"中所讲的故事也耐人寻味：鲁国人秋胡娶妻三月后外出做官长达三年，休假返家路上碰到一位貌美女子，想送她一镒黄金以表喜爱之心，女子觉得独守空闺三年都未曾受此侮辱。戏剧化的情节是秋胡回家后发现自己在郊外赠金的女人，竟然就是他的妻子，二人都感到很羞愧，最后妻子"投沂水而死"。

文木赋

鲁恭王得文木①一枚,伐以为器,意甚玩之。中山王②为赋曰:

"丽木离披,生彼高崖。拂天河而布叶,横日路而摧枝。幼雏羸縠③,单雄寡雌,纷纭翔集,嘈嗷鸣啼。载重雪而梢劲风,将等岁于二仪④。巧匠不识,王子见知。乃命班尔,载斧伐斯。隐若天崩,豁如地裂。华叶分披,条枝摧折。既剥既刊,见其文章。或如龙盘虎踞,复似鸾集凤翔。青绸⑤紫绶,环璧珪璋⑥。重山累嶂,连波叠浪。奔电屯云,薄雾浓雾。麐⑦宗骥旅,鸡族雉群。蠋绣⑧鸾锦,莲藻芰⑨文。色比金而有裕,质参玉而无分。裁为用器,曲直舒卷。修竹映池,高松植巚⑩。制为乐器,婉转蟠纡⑪。凤将九子,龙导五驹。制为屏风,郁弟⑫穹隆。制为杖几,极丽穷美。制为枕案,文章璀璨,彪炳涣汗。制为盘盂,采玩踟蹰⑬。猗欤君子,其乐只且!"

恭王大悦,顾盼而笑,赐骏马二匹。

【注释】

① 文木:树名,一种高级乌木,质地细密,有纹理,颜色黑得像水牛角,产于交趾。

② 中山王:即中山靖王刘胜,汉景帝之子,鲁恭王异母弟。景帝三年(前154年)封于中山,治卢奴(今河北定州),为人骄纵奢淫。

③ 嬴鷇（kòu）：瘦弱的需要母鸟哺食的雏鸟。

④ 二仪：指天地。

⑤ 绲（guā）：紫青色的绶带。

⑥ 珪璋：两种贵重的玉制礼器。

⑦ 麚（jiā）：公鹿。

⑧ 蠋（zhú）绣：蠋虫啃噬木头形成的像刺绣般的错杂纹理。蠋，蝴蝶、蛾等昆虫的幼虫。

⑨ 芰（jì）：即菱，俗称菱角。

⑩ 巘（yǎn）：山峰。

⑪ 蟠纡（pán yū）：盘绕曲折。

⑫ 郁弗（fú）：形容山势又高又险。弗，曲折。

⑬ 踟躇（chí chú）：缓行，引申为悠然自得的样子。

【译文】

鲁恭王得到一棵文木，打算砍掉用来做器物，他内心很是喜欢。中山王作了一篇赋，内容是：

"这株精美的树木，在高高的山崖上生长。它的枝叶拂过天河，横跨日轨横斜抽枝。雏鸟瘦弱等待哺育，雄鸟雌鸟孤孤单单。纷纷飞来栖集在树上，嘈杂地啼叫。它承载着积雪，枝梢仍然劲直，几乎与天地同寿。巧匠不了解它，却被王子得知。于是命令能工巧匠带着斧子砍伐，轰轰之声，仿佛天崩地裂一般。花儿和叶子分散落下，条条枝桠摧折断裂。剥皮剔净之后，才看到它精美绝伦的纹理。有的像龙盘虎踞，

又像鸾集凤翔；有的像青绸紫绶，又像环璧珪璋；有的像重重山峦，又像连绵波浪；有的像奔电团云，又像浓的淡的雾气腾腾；有的像雄鹿和骏马合聚，又像家鸡野鸡成群；有的像蜀绣鸯锦，又像是莲藻菱纹。颜色比金子还要华丽，质地与白玉没什么差别。锯开来制成各种用具，弯曲伸展任人挑选，有的像修竹倒映于池塘，有的像高高的松树栽种在险峰。将它制作成乐器，发出的声音婉转缠绵，像凤凰带领九子和鸣，又像神龙引导五匹小马齐鸣。将它制作成屏风，像高耸的山峰。将它制作成手杖和案几，极其美丽，无与伦比。将它制作成枕头和案台，色彩绚丽，文彩焕发。将它制作成盘子和碗，主人拿起来玩赏，舍不得放下。赞美你啊，君子！真是太快乐了！"

　　鲁恭王高兴极了，朝两边看了看，笑了，赐给中山王两匹骏马。

《丹崖玉树图》
（元）黄公望　收藏于北京故宫博物院

广川王发古冢

广川王去疾，好聚无赖少年，游猎毕弋①无度。国内冢藏，一皆发掘。余所知爱猛②，说其大父为广川王中尉，每谏王不听，病免归家。说王所发掘冢墓不可胜数，其奇异者百数焉。为余说十许事，今记之如左。

魏襄王③冢，皆以文石为椁，高八尺许，广狭容四十人。以手扪椁，滑液如新。中有石床、石屏风，宛然周正。不见棺柩④明器踪迹，但床上有玉唾壶一枚，铜剑二枚，金玉杂具，皆如新物。王取服之。

哀王冢，以铁灌其上，穿凿三日乃开。有黄气如雾，触人鼻目，皆辛苦，不可入。以兵守之，七日乃歇。初至一户，无扃⑤钥。石床方四尺，床上有石几，左右各三石人立侍，皆武冠带剑。复入一户。石扉有关钥，叩开，见棺柩，黑光照人。刀斫不入，烧锯截之，乃漆杂兕革为棺。厚数寸，累积十余重，力不能开，乃止。复入一户，亦石扉，开钥，得石床，方七尺。石屏风、铜帐钩一具，或在床上，或在地下，似是帐糜朽，而铜钩堕落床上。石枕一枚，尘埃朏朏⑥，甚高，似是衣服。床左右石妇人各二十，悉皆立侍，或有执巾栉镜镊之象，或有执盘奉食之形。无余异物，但有铁镜数百枚。

魏王子且渠⑦冢，甚浅狭，无棺柩，但有石床，广六尺，长一丈，石屏风，床下悉是云母。床上两尸，一男一女，皆年二十许，俱东首，裸卧无衣衾，肌肤颜色如生人，鬓发齿爪亦如生人。王畏惧之，不敢侵近，还，拥闭如旧焉。

袁盎⑧冢，以瓦为棺椁，器物都无，唯有铜镜一枚。

晋灵公冢，甚瑰壮，四角皆以石为獾⑨犬捧烛，石人男女四十余，皆立侍。棺器无复形兆，尸犹不坏，孔窍中皆有金玉。其余器物皆朽烂不可别，唯玉蟾蜍一枚，大如拳，腹空，容五合水，光润如新，王取以盛书滴。

幽王冢，甚高壮，羡门既开，皆是石垩，拨除丈余深，乃得云母，深尺余，见百余尸，纵横相枕藉，皆不朽，唯一男子，余皆女子，或坐或卧，亦犹有立者，衣服形色，不异生人。

栾书⑩冢，棺柩明器，朽烂无余。有一白狐，见人惊走，左右遂击之，不能得，伤其左脚。其夕，王梦一丈夫，须眉尽白，来谓王曰："何故伤吾左脚？"乃以杖叩王左脚。王觉，脚肿痛生疮，至死不差。

【注释】

① 毕弋：泛指打猎活动。毕，捕兽所用的网。弋，用于射鸟的系绳子的箭。

② 爰（yuán）猛：人名，生平不详。

③ 魏襄王：战国时期魏国的第四代国君，魏惠王的儿子。名嗣，谥襄。在位期间，与秦、楚交战，屡次失败，割让了大片土地，魏国势力逐渐衰弱。

④ 棺柩（jiù）：装有遗体的棺材。

⑤ 扃（jiōng）：从外面关门用的门闩。

⑥ 朏朏（fěi）：聚积的样子。

⑦ 且渠：魏王子名，生平不详。

⑧ 袁盎：即爰盎，西汉大臣，字丝，汉朝初年的楚国人。

他个性刚直,很有才干,因胆识过人且颇有见解而被汉文帝赏识,官至太常。后来因受到梁孝王的怨恨,被刺死。

⑨ 玃(jué):大猴,一说大猿,亦泛指猿猴。

⑩ 栾(luán)书:人称"栾武子",春秋时期晋国的大夫。晋厉公六年(前575年),栾书率兵讨伐郑国,大败救援郑国的楚军,威震诸侯。

【译文】

广川王刘去疾,喜欢聚集一些不靠谱的年轻人,没节制地打猎。国内的坟墓都被他挖光了。我所熟悉的爰猛,说他爷爷曾做过广川王的中尉,每次劝谏广川王都不听,最后托病辞职回家。他说广川王挖掘的坟墓,数都数不过来,其中有许多奇怪的事。他对我讲述了十多件事,现在我把它们记录下来:

魏襄王的坟墓,全是用有纹理的石头做棺,高大概有八尺,宽窄可容下四十个人。用手摸棺材,滑润如新。中间有石床、石屏风,全都完好无缺。没有看到棺柩中那些冥器的踪迹,不过床上有一只玉制痰盂、两把铜剑,还有一些金玉器具,都像新的一样,广川王拿去自己用了。

魏哀王的坟墓,上面用铁灌封着,凿了三天才凿开。有一股像雾气一样的黄色气体,扑向人的鼻子和眼睛,气味辛辣刺鼻,人无法进入。于是派士兵守卫,七天后气味才消散。最初到达的一扇门,没有门锁。有一张石床方形,长宽四尺,床上有一个石几,左侧和右侧分别有三个石人在一旁侍立,都穿着武士的衣冠,带着剑。再进到一扇门,石门上有门锁,撬开后看到棺柩,黑亮照人,刀斧不能劈开,用火烧的锯截开后,发现棺材是用兽皮掺入漆做成的,厚度有好几寸,并且叠加了十几层重重叠叠的棺材盖子，人力无法打开，于是就放弃了。再进到一扇门，也是石门，在开锁后看到一张方形的长宽七尺的石床，石屏风、铜帐钩一整套。有的在床上，有的在地下，似乎是帐篷腐朽了而铜钩掉落在床上。有一只石枕头，上面积满了灰尘，似乎是腐朽的衣物。床的左右各有二十个石妇人侍立着。有些石妇人手持巾帕、梳子、镜子和镊子，有些则手持盘子奉上食物。没有其他奇异之物，只有几百块铁镜。

魏王子且渠的坟墓，十分浅小，没有棺柩，只有石床一张，六尺宽，一丈长，另外还有一块石屏风。床底下全是云母。床上尸体两具，一个男人和一个女人，全在二十岁左右。两人都头朝东躺着，没穿衣服，没盖被子。肌肤颜色，以及鬓发、牙齿、指甲都像活人一样。广川王很害怕，不敢靠近，就退出来重新封好了墓穴。

袁盎的坟墓，棺椁是用瓦片制作的，没什么器物，唯独有一枚铜镜。

晋灵公的坟墓非常壮观，四周都是用石头雕刻成的大猴捧着蜡烛的形象，还有四十几个男男女女的石人在两旁侍立。棺材里的器物都没了踪迹，尸体尚未腐烂，七窍里都放着金玉。其他的器物全朽烂得看不出来了，只有一个玉蟾蜍，有拳头那样大，肚子里是空的，可以装半升水，光滑润泽，就像是新的，广川王拿去用来盛水。

周幽王的坟墓也十分高大，打开墓门，都是白色的土。挖去一丈多深，才发现云母。再挖一尺多深，发现一百多具尸体，横七竖八地靠着或躺着，全没腐烂。只有一具是男子，其他全是女子。有坐着的，躺着的，还有站立的。衣服的形状颜色和活人没什么分别。

栾书的墓里，棺材和陪葬品全都朽烂得找不到了。墓里出现了一只白狐,一见人就惊慌而逃。广川王旁边的人去追打它,却抓不着它,只把它的左脚弄伤了。当天晚上,广川王做了一个梦,梦见一个白眉白须的老翁,走过来对广川王说:"你为何弄伤我的左脚?"然后就拿拐杖敲了敲广川王的左脚。广川王醒来后发现自己的左脚胀痛生疮,直到死也没好。

汉代陪葬明器

明器即"冥中所用之器",古人"事死如事生",死后多会将生前所用之物一并陪葬,并按照比例制作小型生活用品和建筑的明器,如陶屋、井、灶、车、粮仓、圈等。汉朝各种类别的明器制作规模空前宏大。

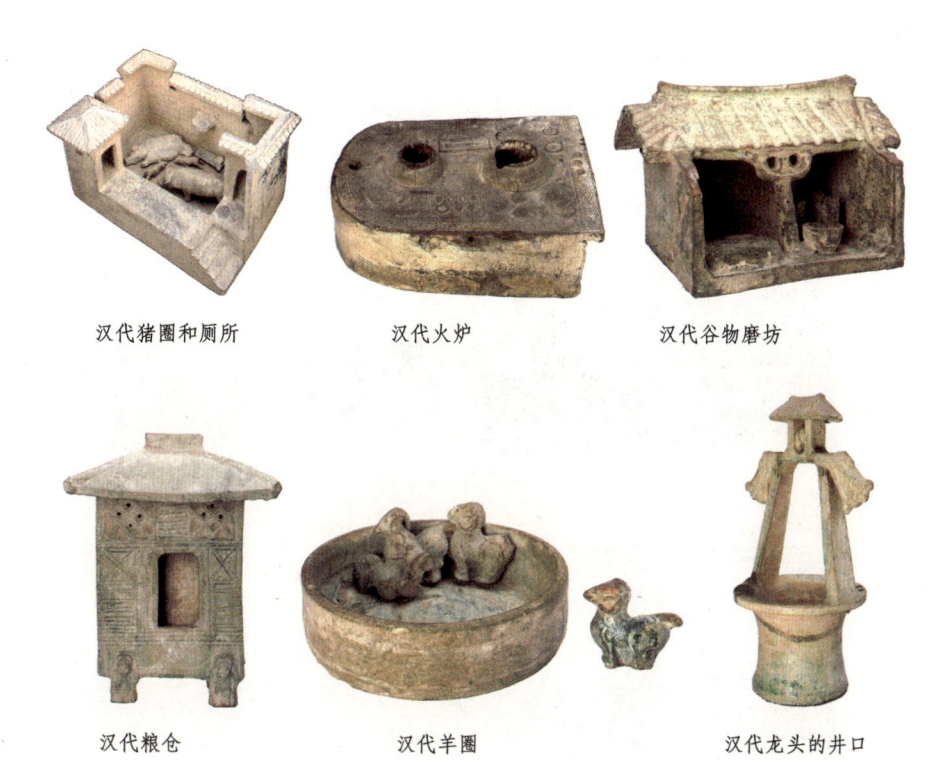

汉代猪圈和厕所　　汉代火炉　　汉代谷物磨坊

汉代粮仓　　汉代羊圈　　汉代龙头的井口

太液池五舟

太液池中,有鸣鹤舟、容与①舟、清旷舟、采菱舟、越女舟。

【注释】

① 容与:安逸自得的样子。

【译文】

太液池中有鸣鹤舟、容与舟、清旷舟、采菱舟、越女舟。

《采菱图》卷　　(明)沈周　收藏于上海博物馆

孤树池

太液池西有一池,名孤树池。池中有洲①,洲上黏树②一株,六十余围,望之重重如盖,故取为名。

【注释】

① 洲:水中的陆地。

② 黏(shān)树:即杉树。黏,通"杉"。

【译文】

太液池的西面有一个水池,叫孤树池。池塘中间有一块沙洲,上面有一棵树,树身很粗需六十多人合抱,枝叶看起来一重重的,像伞盖。因此,池塘借这棵孤树取名为孤树池。

《瑞树图》轴
(清)王幼学　收藏于中国台北故宫博物院

昆明池中船

昆明池中有戈船①、楼船各数百艘。楼船上建楼橹②,戈船上建戈矛,四角悉垂幡旄,旍葆麾盖③,照灼涯涘④。余少时犹忆见之。

【注释】

① 戈船:古代中国海军装备的桨战船。出现于春秋末期、战国初期,士卒主要使用戈戟交战。

② 楼橹(lǔ):古时军队里用来瞭望、攻守的高台,没有顶盖。

③ 旍(jīng):同"旌",旗帜。葆(bǎo):车盖。

④ 涯涘:水边。

【译文】

昆明池里有数百艘戈船和数百艘楼船。楼船之上建造了楼橹,戈船之上装备着戈和矛,四周都挂着旗帜,旗盖旗顶闪亮,照亮了岸边的水流。我记得小时候还看到过这些。

玳瑁床

韩嫣以玳瑁^①为床。

【注释】

① 玳瑁（dài mào）：形似龟的爬行动物，产于热带海中，甲壳有斑纹，可做装饰品。

【译文】

韩嫣用玳瑁制作床。

书太史公事

汉承周史官，至武帝置太史公。太史公司马谈，世为太史。子迁，年十三，使乘传行天下，求古诸侯史记，续孔氏古文，序世事，作传百三十卷，五十万字。谈死，子迁以世官复为太史公，位在丞相下。天下上计，先上太史公，副上丞相。太史公序事如古《春秋》法，司马氏本古周史佚后也。作《景帝本纪》，极言其短及武帝之过，帝怒而削去之。后坐举李陵①，陵降匈奴，下迁蚕室②。有怨言，下狱死。宣帝以其官为令，行太史公文书事而已，不复用其子孙。

【注释】

① 李陵：西汉名将，飞将军李广的长孙，字少卿，陇西成纪（今甘肃省秦安县）人。李陵善于骑射，爱护士卒，颇有美名。天汉二年（前99年），李陵奉汉武帝的命令出征匈奴，率领五千步兵与数万匈奴兵在浚稽山大战，可惜寡不敌众，最终兵败被降。

② 蚕室：宫刑狱的名称。史载，凡处以宫刑的罪人，要下专用地室，室内蓄火，暖如养蚕的房舍，因宫刑者怕风，得保证暖和，故此宫刑之狱就称为蚕室。

【译文】

汉朝继承了周朝的史官制度，到汉武帝时，设立太史公一职。太史公司马谈，世代担任太史。他的儿子司马迁十三岁时，司马谈便让他乘着驿车遍游天下，访求古代诸侯的历史记载，续写孔子所修的古史，按照世事的顺序编写传记一百三十卷，五十万字。司马谈去世后，司马迁以世袭官复任太史公，位列丞相之下。天下各地到京城呈上计簿，都要事先上报太史公，而把副本上报给丞相。太史公按照《春秋》的方法编写事件顺序。司马氏本是周史官史佚的后代。司马迁撰写《景帝本纪》，极力描写汉景帝和汉武帝的缺点和过失，汉武帝因此大怒而将其删去。后来，司马迁因举荐李陵获罪被处以宫刑，因为李陵投降匈奴了。他有怨言，被投进狱中，一直被关到去世。汉宣帝把太史公改设为太史令，让所任职的人只做太史公的文书事务，不再让司马迁的后人担任。

《出征图》轴
(清)徐方 收藏于北京故宫博物院

皇太子官

皇太子官称家臣①,动作称从。

【注释】

① 家臣:这里指皇太子的属官。汉代的皇太子称家,故其属官便称家臣、家吏、家令丞等。

【译文】

　　皇太子的属官被称为"家臣",他们的行为动作被称为"从"。

《问喘图》
(宋)佚名　收藏于中国台北故宫博物院
丙吉是汉宣帝时非常出色的丞相,此画表现的是丙吉体察民情之举。

驰象论秋胡

　　杜陵①秋胡者，能通《尚书》，善为古隶字，为翟公所礼，欲以兄女妻之。或曰："秋胡已经娶而失礼，妻遂溺死，不可妻也。"驰象②曰："昔鲁人秋胡，娶妻三月而游宦三年，休，还家。其妇采桑于郊，胡至郊而不识其妻也，见而悦之，乃遗黄金一镒③。妻曰：'妾有夫，游宦不返，幽闺独处，三年于兹，未有被辱如今日也。'采不顾。胡惭而退。至家，问家人妻何在，曰：'行采桑于郊，未返。'既还，乃向所挑之妇也。夫妻并惭。妻赴沂水而死。今之秋胡，非昔之秋胡也。昔鲁有两曾参，赵有两毛遂。南曾参杀人见捕，人以告北曾参母。野人毛遂坠井而死，客以告平原君，平原君曰：'嗟乎，天丧予矣！'既而知野人毛遂，非平原君客也。岂得以昔之秋胡失礼，而绝婚今之秋胡哉？物固亦有似之而非者。玉之未理者为璞④，死鼠未腊者亦为璞；月之旦为朔，车之辀⑤亦谓之朔，名齐实异，所宜辨也。"

【注释】

① 杜陵：古县名，西汉置。秦名杜县，汉宣帝筑陵葬此，改名杜陵，治所在今陕西省西安市东南。

② 驰象：人名，生平不详。

③ 镒（yì）：古代重量单位，合二十两。一说二十四两。

④ 璞（pú）：未经琢磨的玉，含玉的石头。

⑤ 辀（zhōu）：车辕。用于大车上的称辕，用于兵车、田车、乘车上的称辀。

【译文】

　　杜陵县人秋胡，精通《尚书》，善于书写隶书，翟公对他以礼相待。翟公打算让自己兄长的女儿做他的妻子。有人告诉他："秋胡已经有妻子了，却失了礼节，于是他的妻子就投水自尽了，别去做他的妻子。"驰象说："从前，鲁国有个人，名叫秋胡，娶妻后才过了三个月便外出做了三年的官。他休假回家时，妻子恰好在郊外采摘桑叶。秋胡到了那个地方，但他早已认不出自己的妻子。他见了她很是喜欢，就拿了一镒黄金要送给她。他的妻子说：'我是有丈夫的，他外出做官还没回来。我在深闺之中独自一人生活了三年，还从来没有受过像今日这样的侮辱。'她继续采摘，不再理他。秋胡听了羞愧地离去。等回到家，他问家里人妻子在什么地方。家里人告诉他：'她到郊外采摘桑叶了，还没回家。'等妻子回到家时，才发现那个调戏她的人竟是自己的丈夫。夫妻俩都觉得羞愧难当，妻子投沂河自尽。不过，现在的秋胡并非之前那个秋胡。鲁国曾经有两个曾参，赵国曾经有两个毛遂。住在南边的曾参因杀人被逮捕后，有人却告诉了住在北边的曾参的母亲。乡野之人毛遂掉入井里淹死了，平原君的门客却告诉了平原君。平原君说：'唉！天要让我失去这个人才呀！'后来他才知道，淹死的是乡野之人毛遂，而非平原君的门客毛遂。怎么能因为从前那个秋胡失礼而断绝与现在这个秋胡结亲呢？物品本来也有表面相似但本质却不同的。玉石未经雕琢称为'璞'，死老鼠未经腊制也称为'璞'；每个月的初一称为'朔'，车轮的辕也称为'朔'，都是名字相同但实际不同，这是应当加以辨别的。"

曾参像
选自《至圣先贤半身像》册 （明）佚名 收藏于中国台北故宫博物院

曾参，即曾子，孔子弟子之一。

西京杂记跋①

［晋］葛洪

洪家世有刘子骏②《汉书》一百卷,无首尾题目,但以甲乙丙丁纪其卷数,先公传之。歆欲撰《汉书》,编录汉事,未得缔构而亡,故书无宗本,止杂记而已。失前后之次,无事类之辨。后好事者以意次第之,始甲终癸为十秩③,秩十卷,合为百卷。洪家具有其书,试以此记考校班固④所作,殆是全取刘氏,有小异同耳,并固所不取,不过二万许言。今抄出为二卷,名曰《西京杂记》,以裨《汉书》之阙。

尔后洪家遭火,书籍都尽,此两卷在洪巾箱中,常以自随,故得犹在。刘歆所记,世人稀有,纵复有者,多不备足。见其首尾参错,前后倒乱,亦不知何书,罕能全录。恐年代稍久,歆所撰遂没,并洪家此书二卷不知出所,故序之云尔。

【注释】

① 《西京杂记》所记多是西汉的琐闻、典故、传说,以及宫室园囿、舆服、典章、高文奇技等,起初为两卷,后有六卷本。葛洪的跋,介绍了作品编录的情况。他在介绍中也谈及"杂记"的体例、价值等。跋(bá):文章或书籍正文后面的短文,通常用于说明写作经过、资料来源等与成书有关的情况。

② 刘子骏：即刘歆，字子骏，后改名秀，字颖叔，刘向之子。曾继承父业，总校群书，撰成《七略》。其著作后人辑为《刘子骏集》。

③ 秩：次序，这里指"册"。

④ 班固：东汉时期的史学家、文学家，字孟坚，扶风安陵（今陕西咸阳东北）人，主要代表作为《汉书》，原有文集已佚，明人辑有《班兰台集》。

【译文】

洪家世世代代存有刘子骏的《汉书》一百卷，但是从头到尾没有题目，只用甲、乙、丙、丁来标记卷数，由先父传下来。刘歆原本要撰写《汉书》，编撰记录汉代的主要事件，但还未完成就去世了，所以这本书并没有宗旨，只是杂乱的记录罢了。因为失去了前后次序，也没有按照事物分类。后来有好事者根据自己的理解将其排序，从甲到癸整理成十册，每册十卷，共计一百卷。洪家拥有这套书，并试图用它来核校班固所写的《汉书》，发现班固所写几乎完全取材于刘子骏的书，只有少许不同之处。班固所不取的内容不过二万多字。现在抄出两卷，命名为《西京杂记》，以补充《汉书》中缺失的部分。

后来洪家遭遇火灾，所有书籍都毁了，只有这两卷书因为常放在洪的衣箱里随身携带，所以得以保存。刘歆所记载的内容世人罕见，即使有人拥有，也都不完整。由于其前后错杂，毫无次序，没人知道是什么书，也很少有人能够完整记录下来。随着时间的流逝，刘歆所撰写的内容恐怕会逐渐消失，洪家这两卷书也会不知道出处，因此写下这段话。

附录：《西京杂记》与《史记》《汉书》对照

《西京杂记》	《史记》	《汉书》
卷一《萧何营未央宫》	《高祖本纪》	《高帝本纪》
卷一《昆明池养鱼》	无	《武帝纪》
卷一《八月饮酎》	无	《儒林传》
卷一《止雨如祷雨》	《董仲舒列传》	《董仲舒传》
卷一《缢杀如意》	《吕后本纪》《外戚世家》	《外戚传》《高五王传》
卷一《乐游苑》	无	《宣帝本纪》
卷一《太液池》	《武帝本纪》	无
卷一《剑光射人》	《高祖本纪》	《高帝本纪》
卷一《身毒国宝镜》	《大宛列传》	《宣帝纪》《外戚传》
卷一《霍显为淳于衍起第赠金》	无	《外戚传》
卷一《旌旗飞天堕井》	无	《文帝纪》
卷一《黄鹄歌》	无	《昭帝纪》
卷一《昭阳殿》	无	《赵皇后传》
卷一《珊瑚高丈二》	无	《西南夷两粤朝鲜传》《惠帝纪》
卷一《上林名果异木》	《司马相如列传》	《司马相如列传》
卷一《宠擅后宫》	无	《外戚传》
卷二《东方朔设奇救乳母》	《滑稽列传》	无
卷二《五侯鲭》	无	《游侠传》
卷二《公孙弘粟饭布被》	《平津侯列传》	《公孙弘传》
卷二《茂陵宝剑》	无	《武帝本纪》
卷二《相如死渴》	《司马相如传》	《司马相如传》
卷二《杨雄梦凤作〈太玄〉》	无	《杨雄列传》
卷二《闻〈诗〉解颐》	无	《匡衡传》
卷二《惠生叹息》	无	《朱云传》
卷二《搔头用玉》	《外戚世家》	《外戚传》

续表

《西京杂记》	《史记》	《汉书》
卷二《雪深五尺》	无	《五行志中下》《武帝本纪》
卷二《河决龙蛇喷沫》	《河渠书》《武帝本纪》	《武帝本纪》
卷二《酒脯之应》	《高祖本纪》	《高帝本纪》
卷二《梁孝王宫囿》	《梁孝王世家》	《梁孝王传》
卷二《鲁恭王禽斗》	《五宗世家》	《鲁恭王传》
卷二《买臣假归》	无	《朱买臣传》
卷三《淮南与方士俱去》	《淮南王列传》	《武帝本纪》
卷三《邓通钱文侔天子》	《佞幸列传》	《佞幸传》《荆燕吴传》
卷三《俭葬反奢》	无	《杨王孙传》
卷三《介子弃觚》	无	《西域传上》《傅介子列传》
卷三《曹敞收葬》	无	《云敞传》
卷三《广陵死力》	无	《武五子传》
卷三《咸阳宫异物》	《高祖本纪》	《高帝本纪》
卷三《长卿赋有天才》	无	《杨雄传》
卷三《大人赋》	《司马相如列传》	《司马相如列传》
卷三《文章迟速》	无	《枚皋传》
卷四《董贤宠遇过盛》	无	《佞幸传》
卷四《三馆待宾》	《平津侯列传》	《公孙弘传》
卷四《司马良史》	《伯夷列传》《太史公自序》	《司马迁传》
卷四《梁孝王忘忧馆时豪七赋》	《梁孝王世家》	《梁孝王传》
卷四《五侯进王》	《梁孝王世家》《景帝本纪》	《梁孝王传》《景帝本纪》
卷四《战假将军名》	《项羽本纪》《高祖本纪》	《高帝本纪》
卷四《娄敬不易旃衣》	《刘敬列传》	《娄敬列传》
卷五《贾谊〈鹏鸟赋〉》	《贾谊列传》	《贾谊列传》
卷五《金石感偏》	《李将军列传》	《李广列传》
卷六《书太史公事》	《太史公自序》《李将军列传》	《司马迁传》《李陵列传》

注：其他内容《史记》《汉书》中皆无。